LE CŒUR D'UNE DAME

LA MEUTE DE TAKHINI
TOME 3

VIVIAN AREND

Ceci est une œuvre de fiction. Les noms, les personnages, les lieux et les incidents sont le produit de l'imagination de l'auteur ou sont employés de manière fictive, et toute ressemblance à des personnes, existant ou ayant existé, des entreprises, des événements ou des lieux ne serait qu'une coïncidence.

1

La pagaille.

Partout.

Trois loups poursuivaient deux femmes hilares dans la salle commune de la maison de la meute Takhini. Justin Cullinan retira ses pieds du chemin juste à temps pour éviter de faire trébucher un autre couple qui se disputait bruyamment sans regarder où il allait.

Il fit pivoter son journal vers la droite et poursuivit sa lecture, ignorant du mieux qu'il pouvait le chaos qui régnait. Il avait quelques mois d'expérience maintenant, et quand bien même il ne serait jamais complètement à l'aise au sein de la communauté des loups métamorphes, il trouvait cela suffisamment divertissant pour s'en accommoder.

Bruyant, tapageur, et agressif. C'était sans doute la bio Twitter de plus de la moitié des membres. L'autre moitié, les loups solitaires qui avaient besoin d'un peu plus de silence, étaient réfugiés dans des cachettes autour du bâtiment. Ils cherchaient à trouver cet équilibre entre le temps passé seul et le groupe dont ils avaient besoin autant que de respirer.

Justin tendit la main sans réfléchir et vola un sandwich sur une assiette qui passait.

— Hé, mec, c'est à moi ! se plaignit bruyamment un loup adolescent avant de voir qui était le voleur. Oh, c'est *vous*. Pas de problème. Vous voulez le reste ?

Il tendit l'assiette d'un air bon enfant.

Justin sourit en montrant ses dents.

— Merci, ça suffira.

Le gamin jeta un coup d'œil autour de lui pour vérifier qui l'avait vu parler à Justin avant de s'en aller en se pavanant, comme s'il avait fait quelque chose d'extraordinaire, comme affronter un ours sauvage dans sa tanière.

Justin rit avant de savourer avec gourmandise le fruit de son larcin.

Il était encore en train de se familiariser avec les nuances de la politique des loups. Depuis le temps qu'il squattait la maison de la meute, il ne savait pas trop quelle était sa place dans la hiérarchie.

La réponse aurait dû être « nulle part », étant donné que les loups avaient des compagnons prédestinés, des liens mystiques au sein de la meute et des équipes dirigeantes Alpha/Beta. Les ours avaient...

Sous leur forme animale, ils avaient des griffes et des crocs, et ils ne craignaient pas de s'en servir. Mais surtout, les ours métamorphes ne se rassemblaient pas volontiers en groupe et ne passaient pas beaucoup de temps en compagnie les uns des autres. Pas comme ces loups le faisaient...

Pourtant, ils l'avaient accueilli à bras ouverts. Cela tenait sans doute plus aux circonstances qu'à son charme.

Cependant, il *était* charmant.

Au cours des derniers mois, les leaders des ours

métamorphes s'étaient succédé, et le processus politique avait été une entreprise dangereuse qui s'était heureusement soldée par un résultat positif. Une nouvelle administration avait été mise en place, qui avait éliminé une menace pour tout le royaume des métamorphes et placé son patron, Tyler, qui était aussi son meilleur ami, à la barre.

Mais c'était du passé, aussi récent fût-il. Il était temps de se concentrer sur l'avenir, pas seulement celui des clans d'ours, mais, plus important encore, le sien.

C'était bon d'avoir un nouvel objectif, plus personnel, à poursuivre.

Justin s'essuya les mains sur un mouchoir en observant une dernière fois le chaos.

Son téléphone sonna, et il se hâta de répondre. Depuis quelques jours, il n'arrivait pas à joindre son patron. Ce dernier était en sûreté grâce à l'équipe de sécurité que Justin avait mise en place. Mais cet enfoiré lui manquait.

Bien sûr, il y avait des *raisons* pour lesquelles il n'était pas parti à l'étranger avec son ami. De *bonnes* raisons. Suffisamment pour qu'il abandonne temporairement son rôle de garde du corps du chef nouvellement élu des clans d'ours du Nord.

— Tyler ! Tu es de retour sur le sol nord-américain ?

L'autre métamorphe soupira.

— J'aurais bien aimé. Nous étions dans les airs lorsque nous avons reçu un appel d'urgence de la famille slovène.

Justin siffla doucement.

— Impressionnant. Je ne m'attendais pas à ce que tu sois appelé à t'occuper de la politique russe si tôt dans ton règne d'Ours Responsable de toutes les nations.

— O.R. pour le nord uniquement, ce qui est déjà bien assez pénible, merci beaucoup. Je suppose qu'ils ont décidé d'organiser des réunions conjointes avec tous les chefs d'État et, comme d'habitude, ils y ont réfléchi à un moment donné et ont organisé l'événement l'instant d'après.

Tyler semblait un peu plus déstabilisé que d'habitude, et Justin essaya de calmer le jeu.

— Hé, mieux vaut ça que d'être tranquille à la maison et de devoir soudain faire demi-tour et repartir. Qu'est-ce que ça peut faire quelques jours de plus ajoutés à ton voyage ?

— Je suppose, admit Tyler. Assez parlé de mon travail. Comment se passent tes vacances sans avoir à assurer mes arrières ?

Quelqu'un, à l'arrière de la maison de la meute, déclencha un chapelet de pétards. Les bruyantes explosions résonnèrent en staccato comme une mitrailleuse, et les cris qui s'ensuivirent ne furent étouffés que par les rires plus bruyants.

— Moi ? Je suis tellement zen. La vie à Whitehorse est si paisible et tranquille que cela me rend triste que tu ne sois pas là toi aussi pour en profiter.

Son patron rit.

— Tu sais que rien ne t'oblige à rester avec ces animaux. J'ai les moyens de te trouver un appartement en ville. Bon sang, *tu* as les moyens de te trouver un appart en ville, et je t'ai proposé de séjourner dans ma maison.

— J'apprécie l'expérience de la maison de la meute Takhini. C'est divertissant.

— Évidemment. Et tu ne restes pas là pour une *autre* raison que le fait que c'est un endroit idéal et pratique pour travailler ?

— C'est par pure commodité, tu as bien compris.

Justin se surprit à se lever lorsque la porte de l'autre côté de la maison s'ouvrit, et qu'une vision se glissa dans la pièce.

— Douce miséricorde, murmura-t-il, désemparé.

— Qu'est-ce qu'il y a ?

— *Gah...*

La langue de Justin fourcha quand Mandy Ainsworth s'appuya contre le mur le plus proche et jeta un coup d'œil prudent autour de la pièce, comme pour se repérer. La petite métamorphe aux cheveux noirs portait un jean délavé si pâle qu'il était devenu blanc-bleu. Il semblait doux, et il avait envie de passer une main sur sa hanche et autour de ses fesses, pour que la douceur soyeuse vienne taquiner sa paume. Un chemisier rose à boutons nacrés blancs épousait la forme de ses seins. Cette vision suffisait à emballer son cœur et à lui mettre l'eau à la bouche.

Elle appuya ses mains contre le mur en examinant la pièce, sa langue faisant briller une couche d'humidité sur ses lèvres, visible même à cette distance.

Justin prit soudain conscience d'un bruit de coups à côté de son oreille gauche, suivi d'un sifflement aigu.

Mince. Son téléphone.

Il s'empressa de répondre.

— Désolé pour ça.

Au lieu de son patron, ce fut une voix féminine qui répondit.

— Tu baves toujours sur Mandy ?

— Bonjour, Caroline, la salua-t-il, ignorant sa question. Est-ce que l'excursion se passe bien ?

— Vous les ours, vous êtes dingues, et n'essaie pas de changer de sujet.

La jeune épouse de son patron avait passé sa vie à côtoyer les métamorphes et à se frotter à leurs jeux, et elle était bien trop curieuse pour son propre bien.

Ou pour la tranquillité d'esprit de Justin.

— Crache le morceau, lui ordonna Caroline. Quand vas-tu passer à l'action avec cette femme ?

— Étant donné que tu te trouves à sept mille kilomètres

et à quinze mille mètres dans les airs, tu devrais peut-être t'en remettre à mon bon jugement quant à la meilleure façon pour moi d'organiser un rendez-vous, hmmm ?

— Désolé pour ça, dit Tyler qui avait repris la ligne. J'ai essayé d'expliquer à Caro que tu n'avais pas besoin d'aide pour gérer ta vie amoureuse.

— Il ne m'a pas encore convaincue, s'écria-t-elle en arrière-plan.

Justin rit tout en gardant un œil sur Mandy qui se dirigeait lentement vers la cuisine.

— Je vais répondre à vos deux questions, parce que je sais que vous m'avez mis sur haut-parleur. Vous savez *exactement* pourquoi je suis installé à Whitehorse. Non, Caroline, je n'ai pas besoin d'aide pour ma vie amoureuse. Oui, Tyler, j'ai tout sous contrôle, tant avec la fabrique de diamants qu'avec les entreprises Harrison, même si je suis légèrement distrait par... *quelque chose d'autre*. Mais cela fait suffisamment longtemps que je travaille en multitâches. Je suis à peu près certain de pouvoir gérer la situation. Est-ce que c'est clair ?

Caroline poussa un soupir.

Tyler rit.

— Je te l'ai dit, ma chérie. Maintenant, dis au revoir à Justin pour que je puisse lui donner les dernières instructions pour le travail.

— Au revoir, Justin. J'attends une invitation pour le mariage. Tu ne t'enfuis pas pour te marier en douce, compris ?

— Au revoir, Caroline.

Les bruits de fond se turent quand Tyler remit le téléphone en mode normal avant de parler.

— Elle tient vraiment à toi, lui dit-il en guise d'excuses.

— Caroline a vécu toute sa vie au milieu des loups. Si

elle n'essayait pas de s'en mêler, j'aurais peur que quelque chose n'aille pas.

— Mais tu vas bien ? lui demanda Tyler sincèrement.

Pour la première fois depuis qu'elle était entrée dans la pièce, Mandy leva vraiment les yeux du sol. Lorsqu'elle aperçut Justin qui regardait dans sa direction, ses yeux s'écarquillèrent et elle chancela pendant une seconde avant d'esquisser un petit sourire.

— Je vais merveilleusement bien, répondit Justin. Préviens-moi en cas d'urgence, mais sinon, fais-moi confiance. Je maîtrise l'aspect commercial, et je travaille sur les *autres* aspects.

— Je le sais bien. Amuse-toi bien, dit son patron et ami en riant doucement. Les *autres aspects* en valent la peine. La plupart du temps.

— J'ai entendu ça, dit Caroline en arrière-plan.

— Bien sûr que oui, lui dit Tyler. Excuse-moi, Justin. Je dois m'occuper de ma femme...

L'éclat de rire de Caroline s'interrompit lorsque Tyler raccrocha, sans doute avec sa femme en travers de son épaule, en route pour la chambre de l'avion privé.

Justin rangea son téléphone dans sa poche puis redressa sa cravate, la lissant sur sa chemise tandis qu'il se frayait un chemin à travers le groupe de métamorphes qui riait, parlait et se chamaillait dans le salon.

Il était un ours dans un repaire de loups, et la véritable raison de son séjour en ville se tenait à quelques mètres de là. Quelques semaines auparavant, elle essayait encore de l'éviter, mais aujourd'hui, elle lui offrait un sourire timide, mais accueillant, qui le faisait frissonner de haut en bas.

Certes, son ours aurait apprécié un logement plus luxueux et plus calme, mais s'il devait vivre au cœur d'un quartier de loups-garous pour pouvoir approcher la femme de ses rêves, ce n'était pas un problème.

Le chaos pouvait bien se déchaîner : Justin était prêt à *tout* affronter pour elle.

~

LADY MANDY AINSWORTH ORDONNA à son cœur de ralentir. Il pompait assez fort pour alimenter un bateau à moteur à grande vitesse, mais toute la volonté du monde n'aurait pu qu'atténuer légèrement sa réaction sous l'effet de l'adrénaline.

Adrénaline ? Oui, mais pour de bonnes raisons, pas de mauvaises.

Elle était toujours dans la maison bondée de la meute Takhini, une invitée chez les loups... mais à l'endroit le plus important, quelque chose avait changé.

C'était ce petit changement, pourtant vital, qui lui donna la force de croiser le regard de ce grand grizzly sexy. Entourés d'un océan de mouvement, les loups énergiques et heureux des meutes combinées de Whitehorse passaient, inconscients de la rapidité avec laquelle son monde avait basculé avec l'arrivée des nouvelles de son avocat.

Elle n'avait pas peur de Justin. Aussi imposant, grand et beau qu'il fût, elle avait vu la manière dont il la regardait avant de lui tourner prudemment le dos et de lui laisser de l'espace.

Et c'était un beau dos, celui d'un homme d'un mètre quatre-vingt-dix-huit, couvert de muscles robustes et le plus souvent d'un costume diablement coûteux. En tant qu'assistant et garde du corps d'un homme très riche, Justin s'habillait et se comportait bien plus comme le collègue de son patron que comme son laquais.

Elle appréciait son apparence en costume, mais aussi son allure plus décontractée. La chemise en flanelle douce qu'il portait la veille, superposée à un t-shirt foncé, lui avait donné des démangeaisons aux doigts.

Elle avait eu envie de le caresser, le toucher…

… et son rythme cardiaque s'emballa de nouveau. Car si l'idée de devenir intime avec le grand animal pouvait faire se dresser son côté bestial, elle l'entraînait aussi sur un terrain dangereux.

Elle avait déjà été la chose d'un homme riche, et cette situation ne se terminait jamais bien pour les personnes possédées.

Non. Si tu vas par-là, c'est la folie assurée.

Mandy s'efforçait de ne pas laisser son ancienne relation la définir à jamais, mais elle n'était pas près de rejeter la leçon qu'elle avait été forcée d'apprendre. Se protéger, corps et âme, ça n'avait rien de mal. Cette nouvelle ère était pour elle, et elle était bien décidée à en profiter au maximum.

Les grands ours sexy n'auraient plus qu'à s'intégrer dans son programme.

Quelqu'un s'adossa au mur à côté de Mandy, croisant les bras pour observer la pièce tout en restant silencieusement sur ses gardes. Amy, la femme alpha de la meute de loups, salua quelqu'un dans l'assemblée, mais elle resta là, comme une sentinelle, à attendre que Mandy prenne la parole.

— Tu n'as pas à me protéger, tu sais. J'ai confiance en ton équipe, lui dit Mandy.

Amy haussa les épaules.

— Ne considère pas ça comme une protection. C'est juste une amie qui s'occupe d'une amie, lui dit-elle, se tournant pour lui faire face. Comment vas-tu ce soir ? Et à qui penses-tu, comme si je ne le sentais pas déjà ?

Ses joues avaient dû rougir instantanément. Mandy regarda de l'autre côté de la pièce pour constater que Justin avait été interrompu par la moitié masculine de l'équipe dirigeante de Takhini. Evan se tenait les bras croisés, son corps formant un solide barrage entre l'ours nonchalant et l'endroit où elle et Amy discutaient. Justin tentait en vain de couper court à la conversation.

La gêne de Mandy se mua en amusement.

— Vous, les loups, vous avez vraiment un problème avec la vie privée, se plaignit-elle.

Son amie lui adressa un sourire.

— Je suis ravie que tu sois prête à déménager de la maison de la meute, dit-elle en levant une main. Pour être claire, nous ne te chasserions jamais, mais pour le bien des sensibilités délicates de nos jeunes, c'est une bonne chose que tu fasses ta *cour* dans un endroit plus privé.

Oh, bon sang. Mandy eut l'impression que sa mâchoire se décrocha avant de revenir en position tant elle était estomaquée.

— C'est aller un peu vite en besogne. *La cour ?* Je déménage et oui, je suis prête à passer à autre chose, mais je ne vais pas m'embarquer dans une autre relation tout de suite.

— Oh, ma chérie, ne te raconte pas d'histoires ! Toi et moi savons que tu as des vues sur cette grande brute sexy depuis le premier jour où tu t'es libérée de ce sale rat qui te servait de mari. D'ailleurs, l'offre est toujours valable, si jamais tu veux que j'arrache la gorge de Todd.

— Ce ne sera pas nécessaire, insista Mandy.

Son union avec Todd Ainsworth avait été arrangée, compliquée par des secrets de famille qui avaient scellé les lèvres de la jeune femme. Sa cruauté et sa soif de pouvoir n'avaient été révélées que quelques mois plus tôt, ce qui lui avait permis de s'enfuir.

— Aux dernières nouvelles, il est fauché, et il est obligé de travailler pour dédommager les personnes auxquelles il a fait du mal. J'aimerais qu'il reste en vie, pour qu'il soit contraint de bosser le plus longtemps possible.

Amy lui tapota le bras.

— Tu es bien moins sanguinaire que moi, mais c'est à toi de décider, lui dit-elle, fouillant dans sa poche arrière pour en sortir la clé d'une chambre. C'est pour toi.

Mandy lui prit le rectangle de plastique et l'examina attentivement.

— Les clés du royaume ?

— La suite au sommet du manoir Goldenside. Elle t'offrira un peu plus d'intimité que la chambre où tu campes, et elle est beaucoup plus agréable que la chambre d'hôtel que tu as réservée. Il y a une vue spectaculaire sur le fleuve Yukon depuis le salon et la suite parentale. Elle est à toi aussi longtemps que tu le souhaites.

Mandy serra l'alpha dans ses bras.

— Tu t'es montrée tellement généreuse ! J'ai l'impression de n'avoir rien fait d'autre que de profiter de toi.

— Un jour ou l'autre, tu rendras ce service à ton tour, lui assura Amy. Peut-être pas à moi, mais à quelqu'un d'autre. Ça compte.

— Je veillerai à le faire.

Amy s'éclaircit la gorge.

— Au fait, j'ai déjà fait transporter tes bagages dans la suite. Oups ?

Mandy éclata de rire.

— Tu es autoritaire.

— Je plaide coupable, mais j'ai de bonnes intentions.

Un frémissement d'excitation chatouilla le ventre de Mandy. Il était temps de passer à l'étape suivante.

— Evan prévoit-il d'obliger Justin à rester debout au milieu de la pièce pendant toute la soirée ?

— Seulement si tu veux qu'il le fasse, répondit Amy avec un sourire narquois. C'est bon de te voir prête à aller de l'avant.

Mandy se redressa et acquiesça.

— C'est bon de se sentir prête à aller de l'avant, et en fait, il y a une chose que je dois faire avant de partir. Tu m'excuses ?

Avec un grand geste du bras, Amy lui indiqua le centre du salon avant de répondre à une voix qui l'appelait depuis la cuisine.

Mandy regarda son amie quitter la pièce puis rassembla son courage et se força à quitter la sécurité du mur. Ses pieds refusaient d'avancer vite, mais elle se rassurait en se disant que cela n'avait pas d'importance de le faire en courant, du moment qu'elle le faisait.

Il ne lui fallut que quelques secondes pour traverser la pièce et elle s'avança audacieusement entre les deux hommes.

Justin recula, surpris.

L'alpha de Takhini se tourna vers elle avec un large sourire.

— Lady Mandy. Je suis très heureux de vous voir ce soir.

Evan lui prit la main et appuya ses lèvres sur ses jointures.

Tous les loups de la pièce se figèrent, et le silence soudain fit davantage résonner le grognement grave de Justin.

Evan leva les yeux au ciel, lâcha la main de la jeune

femme pour poser ses poings sur ses hanches et pivota sur ses talons, jetant un regard circulaire sur la pièce.

— Bon sang, il n'y a donc aucun de vous qui comprend *quoi que ce soit* à la chevalerie ? Je n'étais pas en train de l'*embrasser*, bande d'imbéciles !

Un petit malin dans le fond de la salle cria ce qu'ils pensaient tous.

— Si Amy te surprend à *ne pas embrasser quelqu'un* encore une fois, elle va t'arracher les lèvres. Tu auras vraiment du mal à ne pas *embrasser*, tout court.

— *Ah, ah, très drôle*, marmonna Evan avant de secouer tristement la tête en se retournant vers Mandy. Au temps pour moi et ma tentative de t'impressionner.

Elle prit ses doigts dans les siens et les serra.

— Tous tes loups m'ont impressionnée. Merci pour ton hospitalité ces derniers mois, et pour ta gentillesse envers moi.

Il avait été ce qui ressemblait le plus à une figure paternelle ces derniers temps, et maintenant il la dévisageait attentivement, avec une expression bienveillante.

— On dirait que tu es prête à dire au revoir.

À côté d'elle, Justin se crispa, comme s'il était nerveux à l'idée d'entendre sa réponse.

— Il est temps pour moi de passer à autre chose, mais je n'irai pas loin. Du moins, pas dans un premier temps. J'ai des décisions à prendre.

— Nous aurons toujours une place pour toi, lui promit Evan.

Le regard de l'alpha oscilla entre elle et l'ours. Puis un sourire diabolique éclaira son visage.

— Je vais demander à Shaun de te conduire. Ou mieux encore...

Il émit un petit sifflement.

Instantanément, un beau loup à la peau sombre surgit à ses côtés, le sourire aux lèvres, tandis que le jeune homme jetait un rapide coup d'œil appréciateur sur Mandy avant de détourner les yeux.

— Yo, alpha-mec. Y'a quoi ?

Evan se pinça l'arête du nez.

— Kent, tu te souviens de notre discussion sur le fait de montrer un peu plus de respect ?

— Qu'est-ce qui se passe ?

— C'est mieux.

Evan afficha un sourire navré.

— As-tu déjà rencontré Kent ? C'est le jeune frère de Caroline. Il est censé apprendre à devenir mon assistant, mais c'est surtout un boulet.

— C'est un don que partagent tous les frères et sœurs plus jeunes, répondit Mandy, mais elle sourit au jeune homme.

— Kent, conduis notre amie là où elle doit aller ce soir. Tu voudras sans doute faire quelques courses et...

— Je vais m'occuper de Mandy, l'interrompit Justin, haut et fort.

Il s'était rapproché, posant un pied entre elle et le nouveau loup. Tout dans le comportement de Justin montrait clairement qu'il revendiquait quelque chose, et ce frémissement au creux de son ventre s'emballa dans une nouvelle direction, inattendue.

Elle pivota et leva le nez.

Et encore.

Et encore un peu plus.

Bon sang, qu'il était grand !

Mandy ravala ses craintes et mit toute l'autorité dont elle était capable dans sa voix avant de répondre.

— Excuse-moi ? Est-ce que je t'ai *demandé* de prendre soin de moi ?

Son expression était l'incarnation parfaite de l'expression « oh merde, qu'est-ce que je viens de faire ? », et Justin rétropédala rapidement.

— Euh, non, mais je pensais que...

Mandy leva la main pour l'arrêter.

Elle l'aimait bien, vraiment, mais si cela devait marcher, il devait comprendre ça maintenant, et pas une seconde plus tard.

— Et as-tu *demandé* si tu pouvais t'occuper de moi ?

Lui, et toute la pièce remplie de loups, qui regardaient, haletants, comme s'il s'agissait du meilleur feuilleton en direct de tous les temps, secouèrent la tête. C'était comme être entourée d'une pièce entière de ces figurines qui hochent la tête sur les tableaux de bord, et elle se mordit la lèvre pour ne pas éclater de rire.

À la place, elle se redressa aussi royalement que possible.

— Alors, je te suggère de réessayer, une autre fois. Ce soir, *Kent* m'emmène dans ma nouvelle maison.

Elle tourna les talons et s'éloigna sans se retourner.

2

———

*J*ustin fixa la porte en bois massif qui se refermait derrière elle.

Quelque chose en lui s'assombrit, et il se mordit si fort la langue pour ne pas laisser échapper un rugissement de frustration qu'il faillit la couper en deux.

Des envies simultanées le frappèrent : courir après Mandy, et enterrer ce chiot de Kent dans une tombe peu profonde.

La seule chose qui l'empêchait de se précipiter vers la porte pour accomplir ces deux tâches était la poigne de fer qu'Evan maintenait sur son coude. Justin pouvait briser la prise, mais il casserait sans doute la plus grande partie de la maison de la meute en même temps.

Au lieu de cela, il attendit que la salle reprenne son volume sonore normal. À l'instant où la prise d'Evan se relâcha, Justin sortit si vite que le silence relatif lui fit bourdonner les oreilles.

Il arriva à temps pour voir l'une des voitures de la meute sortir du parking derrière la maison. Kent agita les doigts

16

d'un air moqueur avant de s'engager dans la circulation et de se prendre la direction de l'est.

Justin avait hâte de démembrer cet enfoiré. Lentement, un morceau à la fois. Peut-être à mains nues.

Il faisait froid dehors, à la limite du glacial, même si la neige n'était pas encore arrivée, mais il avait bien assez chaud. Son sang de métamorphe, mais aussi sa colère et sa frustration lui permirent d'ignorer les conditions météorologiques et de se précipiter derrière la voiture.

Malheureusement, il dut ralentir sa vitesse pour dépasser un groupe de jeunes gens, et lorsqu'il atteignit la route principale, le véhicule n'était plus en vue.

Devait-il continuer à la suivre, ou se servir de ses ressources ?

Les deux. Il sortit son téléphone et composa le numéro de l'alpha Takhini tout en continuant à marcher vers le centre-ville.

Evan répondit, la voix rieuse.

— Je dois dire que c'était assez impressionnant. Je ne m'étais pas aperçu que vous, les ours, vous pouviez vous déplacer aussi rapidement.

C'était dit d'un ton taquin, mais Justin n'était pas d'humeur.

— Où l'emmène-t-il ? demanda-t-il.

À l'autre bout du fil, le grand patron des loups fit claquer sa langue en signe de désapprobation, comme s'il s'adressait à un enfant de deux ans.

— Vraiment ? Jamais je n'aurais cru devoir te donner *à toi* des leçons de diplomatie. C'est comme ça que tu vas commencer ? Sur ce ton ?

— Ne confonds pas ma politesse depuis deux mois avec une éventuelle faiblesse, répliqua Justin. Dis-moi où vous l'avez cachée, sinon...

Alors même qu'il prononçait les mots, il se rendit compte qu'il aurait dû tenir sa langue, mais il était trop tard. Le haut-parleur de son téléphone résonna alors qu'un rugissement de colère retentissait, suivi d'un bavardage plus animal.

Merde. Les loups étaient tellement émotifs ! Justin attendit impatiemment qu'Evan arrête de jurer dans sa langue de loup.

Cela lui prit du temps.

Lorsqu'il fut enfin suffisamment calmé pour parler, Evan était encore assez grognon.

— Je vais faire comme si tu n'avais pas dit ça. Je vais faire comme si tu te sentais un peu irritable parce que la femme pour laquelle tu te languis depuis que je t'ai rencontré vient de te taper sur les doigts pour t'éloigner de la boîte à biscuits. Et parce que je sais quel enfer cela peut représenter pour un homme, je vais être magnanime et effacer tes derniers commentaires de ma mémoire avant que nous n'entrions en guerre pour une femme qui a dit très clairement ce qu'elle voulait.

Justin s'arrêta devant l'une des boutiques fermées, s'obligeant à maîtriser sa colère. La dernière chose qu'il souhaitait, c'était un incident entre espèces.

Pour couronner le tout, cet enfoiré avait raison.

Cela n'obligeait pas Justin à apprécier la situation.

— Message reçu, dit-il à contrecœur.

— Bonsoir, mon cher ami ursidé. Que puis-je faire pour toi ?

Evan avait peut-être la gâchette aussi fine que Justin, mais son sens de l'humour tenait plus du loup que de l'ours. Il se mettait aussi vite en colère qu'il passait à autre chose.

— Oh, et je crois que je vais t'appeler Flash à partir de maintenant, l'informa Evan.

Génial. Un surnom donné par les loups. Il n'allait jamais le lâcher avec ça.

Justin mit toute la politesse dont il était capable dans sa question.

— Je me demandais si tu savais où Mandy aurait pu se rendre ce soir ?

— Oui.

Justin attendit.

Le silence régnait à l'autre bout du fil.

Enfoiré.

— Pourrais-tu me *dire* où est allée Mandy pour la soirée ?

Justin prononça chaque mot comme s'il était sur le point de s'étouffer.

— ... Non, je ne pense pas pouvoir faire ça. À plus tard, Flash.

La connexion fut coupée, et Justin s'engagea dans la ruelle la plus proche pour enfin laisser échapper son rugissement de frustration. Les sons semblables à ceux d'un ours sortaient de sa gorge d'humain et la laissaient à vif, ce qui reflétait la sensation qu'il éprouvait intérieurement.

Il composa le numéro d'Amy.

— Tu es un enfoiré courageux, annonça Amy en guise de bonjour. La dernière fois que j'ai vu Evan aussi furieux, quelqu'un est mort.

— Je n'ai jamais eu l'intention d'énerver ton compagnon.

— Je n'aimerais pas voir ce qui se passerait si c'était le cas. Honnêtement, économise ta salive. Je sais déjà ce que tu vas demander. Et si tu fais le moindre faux pas, je te préviens qu'Evan sera le cadet de tes soucis.

Justin appuya un bras contre le mur de briques le plus

proche et compta jusqu'à dix pour pouvoir répondre doucement.

— Je te rappelle qu'elle ne fait pas partie de ta meute.

— Et je te rappelle qu'il y a la meute, la famille, et les amis. À mes yeux, Mandy fait partie des trois, alors fais attention à ce que tu dis, mec. J'ai toujours voulu avoir un tapis en peau d'ours devant ma cheminée.

Elle termina l'appel et le laissa en plan.

Justin passa quelques minutes à jurer de manière créative avant que la petite voix dans sa tête qui avait essayé d'attirer son attention pendant tout ce temps ne se fraye un chemin à travers toute la testostérone.

Pourquoi ne pas appeler Mandy ?

Un véritable génie.

Il fit d'abord un tour rapide du quartier pour s'entraîner à dire « bonjour ». Les gens le regardaient bizarrement et s'écartaient de son chemin, mais ce n'est pas de sa faute s'il dépassait la plupart d'entre eux de près de trente centimètres. Leurs yeux écarquillés lui firent comprendre que craquer, grogner ou saluer Mandy autrement qu'en faisant preuve du sang-froid qu'il avait maintenu au cours des deux derniers mois ne ferait que lui attirer davantage d'ennuis.

Evan ne lui faisait pas vraiment peur.

Quant à Amy ? Il était suffisamment intelligent pour craindre la colère d'une femme.

Mais que Mandy lui raccroche au nez lui ferait du mal.

Il s'assit sur un banc dans un parc, croisa les doigts, et passa l'appel.

— Allô ? répondit une voix teintée de pure innocence et d'un soupçon de curiosité.

Seulement... Le nom du correspondant s'affichait sur le

téléphone de Mandy. Justin le lui avait lui-même installé pour qu'elle n'ait jamais à s'inquiéter que son ex-mari essaie de la joindre. Elle savait que c'était lui, mais si elle voulait le jouer ainsi, il jouerait le jeu.

— Bonsoir, Mandy. J'espère que Kent t'a bien installée pour la soirée.

C'était faux. Le simple fait de penser au jeune chiot près d'elle lui faisait grincer les dents au point d'en avoir mal à la mâchoire.

— Je suis plutôt bien installée, merci. Et toi ? demanda-t-elle. J'espère ne pas m'être montrée trop grossière, tout à l'heure.

— Tu sais que c'est moi qui ai dépassé les bornes, avoua-t-il. Je suis désolé.

— Merci.

Puis elle attendit en silence qu'il se souvienne que c'était lui qui l'avait appelée.

— Je me demandais si tu aimerais un peu de compagnie.

Dis oui. Dis oui. Dis oui.

— Je crois que je vais me poser tranquillement pour la nuit, dit-elle, anéantissant ses espoirs avant de lui faire entrevoir une infime possibilité. Veux-tu que nous nous retrouvions pour le petit-déjeuner ? Je pensais à un thé et des muffins au Midnight Sun vers huit heures, si cela t'intéresse...

— Oui, répondit-il avant qu'elle ait terminé de l'inviter. J'aimerais beaucoup.

— Alors je te verrai là-bas ?

— Avec grand plaisir.

Un rire doux résonna au bout de la ligne.

— Moi aussi. Mais ce sera décontracté. Deux amis qui se retrouvent pour commencer leur journée.

Ils se dirent au revoir, mais pendant tout ce temps, son esprit resta braqué sur cette histoire de *deux amis*.

Des amis ? C'était fort peu probable. Peut-être devrait-il commencer par-là, mais ce n'était pas ainsi qu'ils allaient finir.

MANDY ENFILA une veste légère et quitta l'appartement en prenant les escaliers au lieu de l'ascenseur. Le café n'était pas très loin, et elle avait besoin de brûler un peu d'énergie avant de faire face au grand ours capable de faire trembler ses jambes et de transformer ses entrailles en gelée avec un simple sourire indolent.

Le trottoir était dur sous ses pieds et elle se rendit facilement à destination, satisfaite d'avoir passé sa première nuit de véritable indépendance.

Non, ce n'était pas vrai.

Elle vivait toujours aux crochets de la meute de loups en attendant que les informations financières lui parviennent. Une fois que ce serait fait, elle avait l'intention de les rembourser pour tout, non pas parce que c'était ce qu'ils attendaient, mais parce qu'il s'agissait d'une étape importante pour elle, qui lui permettait de redevenir une femme à part entière.

La femme qui s'était perdue en épousant Todd Ainsworth.

Elle avait passé huit ans avec cet homme. Huit années de sa vie qu'elle ne retrouverait jamais. Elle aurait aimé pouvoir le quitter plus tôt, mais elle ne pouvait pas s'attarder là-dessus pour le moment. Elle regardait vers l'avant, pas vers l'arrière.

La veille, avant d'aller se coucher, elle avait envoyé un

email à sa famille. Le premier depuis plus de huit ans, pour de bonnes raisons, et elle attendait déjà leur réponse avec un mélange d'espoir et de crainte.

De nombreuses décisions se profilaient à l'horizon, mais pour le moment, jusqu'à ce qu'elle ait des nouvelles d'eux, elle allait avancer dans ses projets.

L'air chaud et les délicieuses odeurs du café l'accueillirent comme une étreinte amicale lorsqu'elle franchit la porte. Elle se plaça automatiquement sur le côté, le dos appuyé contre le mur, et jeta un premier coup d'œil prudent autour d'elle.

Certaines leçons étaient profondément ancrées. Mais ce n'est peut-être pas une mauvaise chose d'être alerte et vigilante.

Un couple familier lui fit signe depuis une table voisine, et elle se dirigea vers eux pour les saluer.

— Si vous continuez, je vais croire que vous me suivez, les prévint-elle.

— C'est une coïncidence totale, protesta Amy.

— Tu n'as qu'à faire comme si nous n'étions pas là, ajouta Evan.

Mandy rit.

— Je crois que je vais avoir du mal à ignorer la présence de loups.

Evan sourit.

— De très beaux loups, en plus.

Elle discuta avec eux un moment avant d'aller au comptoir et de commander deux cafés et un assortiment d'aliments pour le petit-déjeuner. Ils promirent de lui apporter la nourriture, alors elle alla s'installer à une table vide près de la fenêtre, un peu surprise que Justin n'y soit pas déjà.

Le petit-déjeuner arriva en même temps que lui. Il tira

la petite chaise et tenta de glisser sa grande carcasse dans l'espace restreint.

La personne assise derrière lui écarquilla les yeux et paniqua un instant, et Mandy se donna une gifle mentale.

— J'avais oublié la place que tu prenais.

Elle recula sa chaise et tira la table vers elle.

Justin rentra un peu les coudes et lui sourit. Prenant la tasse de café devant lui, il la leva pour porter un toast.

— Bonjour.

— Bonjour.

Ils firent tinter leurs tasses et burent de grandes gorgées. Pendant tout ce temps, le regard de Justin passa d'elle aux autres personnes présentes dans la boutique, comme s'il était aux aguets, déterminé à assurer sa sécurité.

Il fit un geste en direction des loups.

— Les baby-sitters, c'était ton idée ? Non pas qu'il y ait quelque chose de mal à ça, se hâta-t-il d'ajouter, mais je me demandais.

— Ce n'est qu'une coïncidence, lui répondit Mandy. Evan dit qu'on les remarquera à peine.

Evan et Amy se mirent à ricaner à l'autre bout de la pièce ; Justin et elle se tournèrent vers les loups avant de se faire de nouveau face.

— Quelle bande de fouineurs, murmura Justin. Cette ouïe de loup bionique va leur attirer des ennuis un jour.

Exact... Elle avait oublié ce détail. Ils avaient beau être assis loin, Amy et Evan pouvaient entendre le moindre mot comme si elle parlait à travers un mégaphone.

— Ce n'était peut-être pas une bonne idée de nous retrouver en public, commença-t-elle avant de se raviser.

Ces loups étaient ses amis, et ils ne faisaient que veiller sur elle. Et si elle voulait vraiment prendre sa vie en main, elle ne pouvait pas s'inquiéter de ce que les autres pensaient de ses projets.

— Ignore-les, lui ordonna Mandy. J'ai de bonnes nouvelles.

Justin reporta toute son attention sur elle, comme si elle était seule dans la pièce.

— Les bonnes nouvelles, c'est toujours chouette.

Mandy hocha la tête.

— J'ai reçu les papiers du divorce.

Il écarquilla les yeux en signe d'approbation.

— Eh bien, félicitations.

— J'attendais qu'ils soient validés. Je sais que, selon la loi des métamorphes, cela fait un moment qu'il est sorti de ma vie, mais je voulais m'assurer qu'il n'y avait pas d'autres problèmes juridiques.

Parce que s'il y avait bien un sujet sur lequel elle pouvait faire confiance à Ainsworth, c'était celui de lui pourrir la vie de toutes les façons possibles, cette espèce d'enfoiré vindicatif. Non seulement sa vie, mais aussi celle de sa famille.

Les doigts de Justin s'agitèrent sur la table, à quelques centimètres des siens.

— Je suis heureux pour toi. Alors... Qu'est-ce que ça signifie ? Quels sont tes plans ?

Elle garda les yeux rivés sur sa tasse de café pour éviter qu'il ne lise ses pensées.

— Des projets ?

— Est-ce que tu déménages ? Tu as trouvé un emploi ?

Il semblait avoir tout un tas d'autres questions en suspens sur le bout de la langue. Elle était impressionnée par la maîtrise dont il faisait preuve en ne les posant pas.

— Je n'ai pas l'intention de trouver un emploi dans

l'immédiat, mais j'ai pris des dispositions pour l'avenir, dit-elle ; c'était l'objet de son email à sa famille. En attendant, j'ai fait une liste.

— Mmmh, répondit-il en scrutant son visage. Un genre de « *bucket list* » ? Les choses à faire avant de mourir ?

— Pas aussi gros et clinquant que ça. C'est sans doute idiot, mais il y a un tas de choses ordinaires que je n'ai jamais eu l'occasion d'essayer, lui expliqua-t-elle avec un sourire. Je pense que tu sais que j'ai grandi dans des circonstances assez luxueuses.

— *Lady* Amanda, acquiesça-t-il, l'air un peu penaud. Tu sais que j'ai fait des recherches approfondies sur toi et Todd l'été dernier.

Oh. Elle réfléchit un instant, jetant un regard en coin aux loups.

— Cela signifie-t-il que tu connais mes secrets ?

Il secoua la tête.

— Je sais que ta famille possède un titre, un cadeau des ours du Royaume-Uni, et que tu es séparée d'eux depuis huit ans. J'ignore pourquoi, mais je suppose que cela a quelque chose à voir avec Todd.

Il était bien trop malin.

— Tu as raison sur toute la ligne, mais je ne suis pas encore prête à en parler. Le fait est que je suis passée de Lady Amanda à Lord et Lady Ainsworth, car lorsque Todd et moi nous sommes mariés, il avait des projets grandioses, qui m'imposait d'avoir encore un style de vie particulier.

— Et tu voudrais une vie plus simple ?

Elle hocha la tête.

— Absolument. Et je la veux toute nouvelle et fraîche, c'est pourquoi j'ai demandé à tout le monde de m'appeler Mandy. D'une certaine manière, je me réapproprie mon identité.

Des doigts chauds s'enroulèrent autour des siens et il les serra brièvement avant de les lâcher.

— C'est bien pour toi.

C'était si facile de discuter avec lui quand il ne se montrait pas autoritaire ou grognon. Même si, secrètement, elle aimait aussi ce côté de lui.

— Et c'est là où ma liste entre en jeu. La maison de la meute m'a offert un endroit sûr pour m'adapter à mon nouveau monde. J'ai maintenant l'impression que le moment est venu pour moi de commencer à passer en revue les éléments que j'ai notés.

— Je dirais qu'il était plus que temps. Tu mérites de goûter aux plaisirs simples de la vie quotidienne.

Il se montrait prudent, et c'était exactement ce dont elle avait besoin pour reprendre confiance en elle.

— Voudrais-tu la voir ? Ma liste ?

Le muffin dans la main de Justin s'arrêta à quelques centimètres de sa bouche.

— J'en serais honoré.

Il posa la nourriture et attrapa le papier qu'elle fit glisser sur la table, jetant un coup d'œil vers le couple de loups qui tendait le cou dans l'espoir de l'apercevoir.

Justin s'efforça de tenir la liste de manière à ce qu'il puisse presque, mais pas tout à fait, le voir.

Mandy rit doucement.

— Tu es méchant.

— Sois patiente. Ils vont se trouver des aigles métamorphes pour espionner pour eux, murmura Justin.

— Je t'avais dit que nous aurions dû nous débrouiller pour que ce couple d'oiseaux reste sur notre territoire, grommela Evan en se levant.

Amy et lui agitèrent la main pour dire au revoir et s'en allèrent. Mandy sourit en retour, mais Justin laissa échapper un petit rire de méchant de film, comme s'ils venaient de vaincre un ennemi.

— Ils ont de bonnes intentions, souligna Mandy.

— Les loups sont d'énormes commères.

Ensuite, il se concentra pour de bon sur la liste, et son sourire s'élargit à mesure qu'il passait sur certains éléments.

— Tu es une femme sauvage. Je ne sais pas si tu peux faire certaines d'entre elles sans superv...

Oui, il n'était pas difficile de savoir à quel moment il avait atteint la section de sa liste qui s'aventurait sur un terrain coquin. Elle avait mémorisé la liste, qu'elle avait relue si souvent, et au milieu de la page, on pouvait lire...

Prendre un cours de peinture

Dormir dans un camping-car

Faire de la motoneige

Faire une fellation

Pêcher le saumon dans mon corps d'ourse.

Le sourire de Justin s'effaça lentement et sa prise sur le papier se resserra brièvement avant qu'il ne prenne une profonde inspiration et se détende sciemment.

Il plia le papier et le reposa sur la table en croisant son regard.

— Mais qui veux-tu... ?

Elle haussa un sourcil, et ses mots moururent sur ses lèvres. Ses yeux s'enflammèrent avant qu'il ne se reprenne en main et ne réessaie.

— Je veux dire, il n'y a pas moyen... Attends...

Sa bouche s'ouvrit et se referma plusieurs fois alors qu'il luttait pour trouver les bons mots.

Elle attendit patiemment. Il inspira profondément, puis relâcha sa respiration comme s'il soufflait une bougie quelque part sur la table voisine.

— Mandy ?

— Oui ?

Il se racla la gorge.

— Je voudrais te proposer de t'aider avec ta liste.

C'était exactement ce qu'elle espérait qu'il dirait.

— Adorable. À une condition.

— Tout ce que tu veux, lui jura-t-il, la voix éraillée, à deux doigts de perdre son contrôle.

Elle avait beau vouloir aller de l'avant et être indépendante, il y avait des choses sur sa liste qui impliquaient d'être deux pour les accomplir. Elle observait Justin attentivement.

— Si tu veux m'aider pour certaines choses de la liste, tu dois m'aider pour *toutes* les choses de la liste

Ses lèvres tressaillirent avant qu'il n'affiche un énorme sourire.

— Tu essaies de me faire fuir, mais ça ne marchera pas.

— Au contraire, j'espère vraiment qu'un grand, fort et beau garçon comme toi ne s'effraie pas si facilement.

Le sourire de Justin s'élargit.

— Tu me trouves beau ?

— Et fort, confirma-t-elle d'un hochement de tête. Oh... et sexy.

Il rayonna.

Ce fut au tour de Mandy d'inspirer profondément et de croiser les doigts. En parlant d'aller trop loin, trop vite...

Elle savait qu'il l'appréciait, mais sa prochaine requête serait-elle trop demander ? Il n'y avait qu'un seul moyen d'en être sûr, et mieux valait le faire maintenant que plus tard, lorsqu'elle serait blessée ou déçue.

Elle le regarda droit dans les yeux.

— Justin, les choses que je veux accomplir peuvent paraître ordinaires et stupides, mais cette relation...

Oh, bon sang.

Il lui sourit d'un air encourageant, lui prit la main et serra délicatement ses doigts.

— Continue. Je ne penserai pas de mal de toi si tu l'exprimes mal.

Une lueur chaude et joyeuse fleurit en elle, alors que la petite graine d'espoir qu'elle avait gardée au fond d'elle était enfin autorisée à germer. L'incertitude planait sur son avenir : cette nouvelle vie pouvait s'évanouir en un instant, et elle devait profiter de chaque seconde.

Elle parlait doucement. Elle lui faisait confiance pour comprendre ce qu'elle voulait dire, même si elle se trompait dans les mots.

— Je ne m'attends pas à ce que tu me suives comme un chiot dressé, mais je dois te prévenir que je vais être égoïste, et que je m'attends à ce que tu ne prennes pas le contrôle. Il m'a échappé pendant si longtemps qu'il est temps que je prenne les choses en main.

Il s'adossa à sa chaise autant que possible dans l'espace minuscule qui lui était alloué.

— Je ferai de mon mieux, lui promit-il, du moment que tu te souviens que je suis un ours à la tête dure. Quand je me planterai, tu devras me donner un bon coup de pied.

— Je peux faire ça.

Il se tortilla sur sa chaise, mal à l'aise.

— Je dois t'avertir que je pourrais avoir un problème avec le fait d'abandonner le contrôle dans la chambre à coucher.

Un délicieux frisson la parcourut lorsqu'il mentionna le fait de « coucher ».

— Nous nous occuperons de ce problème quand il se présentera, promit-elle.

— Quand commençons-nous ?

— Pourquoi pas tout de suite ? proposa-t-elle en consultant sa montre. Dans environ trente-cinq minutes.

31

— Pourquoi pas tout de suite ? proposa-t-elle en consultant sa montre. Dans environ trente-cinq minutes.

3

———

Justin avait jeté un coup d'œil à sa feuille de papier, mais honnêtement, il avait été plus que distrait par les éléments qu'il avait découverts vers le bas de la page.

Le premier qui avait attiré son attention et l'avait interpellé était celui de la fellation, et après ça…

Après ça…

Bon sang, était-il vraiment raisonnable d'attendre de lui qu'il se souvienne de tout ce qui était écrit avant ou après ce point de la page ?

Voilà pourquoi il ignorait ce qui l'attendait à cet instant, si ce n'est qu'elle lui avait dit de se munir d'un maillot de bain et de la retrouver au Canada Games Centre.

Il était assez futé pour comprendre qu'ils allaient à la piscine, mais lorsqu'il arriva sur le bord et découvrit de la musique entraînante et un groupe de femmes de tous âges, ce n'est que grâce au souvenir des cochonneries de la liste qu'il continua à avancer.

Mandy tendit la main pour lui prendre sa serviette.

— Pile à l'heure.

Il la regarda de haut en bas, appréciant la façon dont son maillot de bain une pièce épousait ses courbes.

— Je n'en ai jamais fait avant, avoua-t-il.

— C'était un peu le but, et comme ça on est deux, lui dit-elle, déposant la serviette de Justin sur la sienne avant de le guider vers l'échelle. Je pense que ça nous aidera de nous mettre à l'arrière.

Son instinct d'alerte se déclencha. Il avait l'impression que tous les regards étaient rivés sur eux, ce qui était sans doute vrai. La population féminine était largement supérieure à la masculine. Tous les maîtres-nageurs, à l'exception d'un, étaient des femmes, et le seul homme l'admirait plus que Mandy, ce qui le rendait Justin à la fois heureux et méfiant.

— Tout le monde est prêt à se secouer ? cria la femme sur le bord, tapant des mains en sautillant avec enthousiasme.

Les femmes dans la piscine réagirent bruyamment.

Justin examina de plus près l'instructrice d'Aquasize, persuadé de l'avoir déjà vue : il s'agissait probablement d'une louve, au vu de sa grande énergie. Avant qu'il n'ait eu le temps de réfléchir, Mandy les guidait à travers l'eau jusqu'à un endroit situé dans le coin arrière.

La classe débuta, une vague d'énergie déferlante.

Ce n'était vraiment pas son truc, mais après quelques sauts et pirouettes, il jeta un coup d'œil de côté et constata que Mandy souriait d'une oreille à l'autre en suivant les instructions, parfois avec un demi-pas de retard, et il laissa monter son amusement.

Elle n'avait pas vraiment le sens du rythme.

Elle se tourna pour lui faire face : la lueur rosée de ses joues et son sourire satisfait furent toute la récompense dont il avait besoin alors qu'elle essuyait l'eau de ses yeux.

Il n'avait même pas besoin de lui demander si elle s'amusait.

C'était évident, et le bonheur lui allait bien.

— Levez les genoux, mesdames... dit l'instructrice dont le regard se porta sur lui, et... *monsieur*. Mettez vos mains en l'air et faites du bruit.

Peut-être que s'il n'avait pas vécu à la maison de la meute au cours des deux derniers mois, cette effervescence aurait été plus choquante, mais en l'état, Justin se trouva modérément amusé alors qu'il se prêtait de bonne grâce à tous les mouvements.

Il regardait l'instructrice se dandiner d'avant en arrière sur le pont, les orteils en l'air tandis qu'elle exécutait une série de coups de pied hauts qu'il tentait d'imiter lorsqu'une éclaboussure soudaine le frappa sur le côté du visage.

Justin détourna son regard vers la gauche, mais Mandy se déplaçait énergiquement au rythme de la musique, les yeux rivés vers l'avant.

Il reprit le rythme juste au moment où une autre vague déferlait, celle-ci parfaitement synchronisée avec sa grande inspiration, ce qui équivalait à se faire enfoncer la tête sous l'eau. Il toussa et cracha en jetant un nouveau coup d'œil sur le côté.

Mandy était occupée avec ses coups de pied hauts, concentrée intensément sur l'instructrice.

Le scénario était trop improbable pour être un accident.

La troisième fois, il se retourna juste au moment où le jet d'eau arrivait : il découvrit Mandy qui souriait largement, les mains en coupe, après avoir jeté une quantité d'eau dans sa direction.

Sa bouche s'arrondit sur un O de surprise lorsqu'il s'approcha d'elle pour la toiser.

— Vraiment ? fit-il.

Elle se baissa juste assez pour se remplir la bouche d'eau, puis se hissa sur la pointe des pieds pour l'asperger en plein visage.

Elle voulait jouer à ça ? Cela lui convenait parfaitement. Il l'attrapa, veillant à maintenir une prise légère, et la souleva assez haut avant de l'envoyer voler dans l'eau vide sur leur droite.

Mandy retomba avec un couinement et une éclaboussure, disparaissant sous la surface pour remonter en crachotant et en riant à la fois.

Ils se sourirent.

— Hé ! Pas de chahut !

Justin et Mandy jetèrent un regard coupable au maître-nageur qui les jugeait.

— Je suis vraiment désolée, prétendit Mandy. J'ai... glissé.

Justin se retint de rire quand le maître-nageur leur jeta un regard mauvais avant de s'éloigner.

Ils reprirent le déroulement du cours en se comportant sagement.

Une fois tous les sauts et rebondissements achevés, Mandy se glissa à côté de lui.

— Bain à remous ?

Oh, volontiers. Cependant, il aurait vraiment préféré qu'ils se rendent dans un jacuzzi privé où les vêtements seraient facultatifs plutôt qu'ici avec tous les humains autour d'eux.

Il se consola en la laissant sortir de la piscine en premier, savourant le balancement de ses hanches à mesure qu'elle montait l'échelle. Le tissu de son maillot lui collait à la peau ; elle se retourna et attendit qu'il la rejoigne.

Ils descendirent ensemble dans l'eau chaude, et Justin laissa échapper un soupir de bonheur.

— Ce n'était pas si mal, lui dit-il.

— C'était amusant. Et nous n'avons même pas été exclus du cours.

Mandy battit des cils.

Il ricana.

— Ce n'est pas faute d'avoir essayé. Sale gosse.

— Nous avons accompli une tâche avec succès. Peut-être devrions-nous ajouter « avoir des ennuis » à ma liste afin d'être plus motivés pour aller jusqu'au bout.

Elle le poussa devant elle jusqu'au banc, et Justin s'installa, les épaules sortant de l'eau alors qu'il la regardait et se demandait ce qu'elle allait faire ensuite pour le rendre fou.

Ils s'assirent côte à côte, la force de l'eau bouillonnante suffisant à la pousser vers le milieu du bassin.

— Tu ne pèses pas assez lourd pour te maintenir en place, la taquina-t-il alors qu'elle menaçait de flotter au loin.

Mandy ne s'attendait pas à la main qui se glissa dans son dos avant de s'enrouler autour de sa taille, et elle se crispa.

Justin retira aussitôt ses mains, les maintenant à la surface de l'eau.

— Désolé.

Elle secoua la tête.

— Tu n'as rien fait de mal, dit-elle d'un ton ferme. Je suis juste un peu nerveuse.

Elle posa ses pieds à plat dans le fond jusqu'à ce que ses épaules s'élèvent au-dessus de la surface de l'eau, augmentant ainsi son poids afin de pouvoir retourner sur la paroi latérale. De plus en plus de personnes les rejoignaient, et le petit bassin circulaire commençait à être bondé.

Un homme qui avait fait des longueurs se joignit au groupe, et Justin se crispa. Mandy lui jeta un coup d'œil, mais il ne semblait pas y avoir de raison...

Oh. Il luttait pour ne pas s'interposer entre l'étranger et Mandy.

Instinctivement, elle se déplaça pour le soulager, se pressant contre son flanc.

— Lève ton bras gauche, murmura-t-elle. J'ai besoin de me raccrocher à quelque chose.

Il rit en levant son coude à la surface, et elle glissa ses bras autour, plaquant son buste contre son triceps. Ses genoux se heurtaient à sa cuisse, et le mouvement de l'eau ne cessait de la faire frotter contre lui tout ce temps...

Un bruit sourd lui échappa avant qu'il ne l'étouffe au milieu du tumulte.

Mandy baissa les yeux, et ce fut à ce moment-là qu'elle se rendit compte que les maillots de bain pour hommes ne leur étaient d'aucune aide lorsqu'il s'agissait de dissimuler une érection. Une grande érection, digne d'un ours, et si elle n'avait pas été dans le bassin, elle aurait dû trouver une excuse pour expliquer la soudaine montée de chaleur et d'humidité qui se manifestait entre ses jambes.

Il n'était pas près de sortir de là, à moins que l'eau ne devienne glaciale, ce qui était peu probable.

Il avait besoin d'une distraction.

Elle posa son menton sur son épaule pour parler.

— Je nous ai pris un rendez-vous cet après-midi au studio d'art.

Il se pencha vers elle.

— Ça a l'air sympa.

— Nous verrons bien. Es-tu sûr que tu n'auras pas

d'ennuis si je prends la main sur ton emploi du temps comme ça ?

Il secoua la tête.

— En l'absence de Tyler, je suis presque mon propre patron.

Ce qui lui rappelait à quel point elle avait été troublée de découvrir que Justin était resté à Whitehorse. Ravie, mais confuse.

— Je te croyais garde du corps. Comment se fait-il qu'il soit parti et que tu ne le protèges pas ?

— Parce qu'il était en lune de miel, et que je me suis montré assez malin pour savoir que je n'étais pas le bienvenu, expliqua-t-il, avant de se tourner et lui offrir un sourire complice. Il est en sécurité. J'ai une équipe de surveillance sur lui en permanence.

— C'est sournois, répondit-elle, et cela la rendait un peu nerveuse. Il ne sait pas ?

— Oh, crois-moi, il sait que j'ai quelqu'un qui le surveille, même s'il ignore qui exactement. Mais ce n'est pas la même chose que d'avoir son meilleur ami qui le regarde faire les yeux doux à sa jeune épouse. L'une de mes tâches consiste à assurer sa sécurité, enfin celle de Caroline et la sienne. Et je ne l'autorise pas à contester ce qu'il faut faire pour que le travail soit accompli.

Elle acquiesça, mais cela lui faisait malgré tout penser à des temps moins heureux.

— C'est ce que j'ai le moins aimé dans mon mariage avec Todd. Avec toutes ses aspirations politiques, j'avais toujours l'impression que quelqu'un me surveillait.

Un frisson lui échappa malgré la chaleur de l'eau.

— Quand on y pense, ce n'est pas toujours agréable, mais c'est le prix à payer quand on est un personnage public.

Il appuya sa tête sur le rebord de la piscine et ferma les yeux. Elle en profita pour le regarder à sa guise.

La beauté sombre de Justin était un régal pour les yeux, qui ajoutait de la douceur au plaisir ordinaire et simple qu'elle avait déjà éprouvé. La chaleur de l'eau la soutenait tandis qu'elle réfléchissait à sa volonté de venir sautiller avec elle et de se ridiculiser.

Elle s'accrochait à son bras, se servant de lui comme d'une ancre.

Les gens ne cessaient d'entrer et de sortir du bassin, mais ils leur laissaient à Justin et à elle un large espace, surtout lorsqu'un grondement montait de son torse velu. Au début, c'était assez bas pour lui chatouiller à peine les oreilles, mais alors qu'elle l'examinait plus attentivement, le grondement devint plus profond. Il se fit plus intense, le genre de bruit qu'elle pouvait l'imaginer faire en passant les mains sur sa peau. En la cajolant, la caressant. En pressant ses lèvres sur ce point sous son oreille qui la rendait folle tout en glissant une main à l'intérieur de son...

D'accord, elle laissait son imagination s'emballer un peu trop loin.

Il gémit, un bruit profondément sexuel, comme s'il était au milieu d'un fantasme débridé semblable à celui dont elle profitait. Et malgré son désir de continuer à l'écouter, elle se tortilla plus haut jusqu'à ce qu'elle puisse poser sa main sur son torse.

— Justin, murmura-t-elle avec insistance.

Il ouvrit un œil.

— Tu en as assez ?

Loin de là, à en croire sa libido. Mais elle hocha la tête, et le prévint.

— Tu fais... des bruits.

Des bruits cochons. Des bruits merveilleux à faire fondre les culottes, à me faire fondre, moi.

Il se redressa en position assise et cligna des yeux en réalisant qu'il ne restait plus qu'une seule personne dans le bain bouillonnant avec eux. Une femme plus âgée. Humaine, mais visiblement attentive aux nuances du monde des métamorphes, son regard se posa sur eux deux, un sourire malicieux se dessinant sur ses lèvres.

— Vous avez l'intention de venir régulièrement à Aquasize ? demande-t-elle en souriant. Parce que je crois que j'ai fait plus de progrès en cardio en vous regardant tous les deux pendant les dernières minutes que pendant toute la durée de l'entraînement.

Mandy ne savait pas quoi répondre.

Justin fit un clin d'œil à l'autre femme.

Elle le lui rendit avec enthousiasme.

— Vas-y, mon garçon. Si seulement j'avais vingt ans de moins...

— Il faudrait que j'aie vingt ans de moins pour suivre votre rythme, répliqua Justin.

Elle sourit sans le vouloir lorsque Mandy sortit du bain et attendit que Justin la rejoigne.

— Dragueur, le taquina-t-elle alors qu'ils se dirigeaient côte à côte vers les vestiaires.

— Mon ego apprécie un peu de flatterie, avoua-t-il.

Il prit la serviette de Mandy et la lui drapa sur les épaules.

L'envie de lui proposer de flatter d'*autres* parties de lui que son ego planait sur les lèvres de la jeune femme. Elle s'empressa de changer de sujet.

— On se retrouve de l'autre côté ?

— Vu que c'est ma seule option, oui.

Elle régla la douche aussi froide que possible, se

justifiant par le besoin de se rafraîchir après le bain à remous et non par une réaction à la présence de Justin, tout en laissant libre cours à ses fantasmes.

Seulement, lorsqu'elle ouvrit son casier, toutes ses pensées sexy s'évanouirent.

Quelque chose n'allait pas.

Mandy vérifia ses affaires, mais elles semblaient être toutes là. Son argent, sa pièce d'identité, ses cartes de crédit. Ses vêtements et ses chaussures n'avaient pas été touchés, et il ne se dégageait aucune odeur qu'elle aurait pu identifier. Mais son flair n'était pas très développé, et avec le chlore dans l'air et le shampoing et le savon qui flottaient, il ne lui restait qu'un sentiment de malaise persistant, sans plus.

Peut-être... qu'il lui manquait sa montre ? Mais elle n'était pas certaine de l'avoir portée aujourd'hui, après s'être réveillée dans un nouvel endroit, excitée à l'idée de retrouver Justin.

Elle s'habilla rapidement ; elle avait soudain besoin d'être à côté du grand ours protecteur et de le laisser la rassurer en lui disant que tout allait bien.

Rien ne pouvait clocher, car elle avait déjà survécu à bien trop de jours où les choses avaient mal tourné. Cette époque appartenait au passé...

Oh, comme elle espérait que c'était le cas !

4

_____

Justin attendait à l'extérieur des vestiaires, hochant la tête poliment lorsque les autres membres de la classe partaient. Certaines ricanèrent lorsqu'il baissa la tête, mais il ne jeta guère plus qu'un coup d'œil aux autres femmes. Son attention était rivée sur la porte par laquelle Mandy devrait bientôt sortir.

Le petit jeu de taquinerie entre Mandy et lui pendant le cours était loin d'être suffisant, mais cette interaction douce et innocente lui avait semblé parfaite, tant qu'elle n'avait pas l'intention de les faire continuer à ce rythme pendant deux mois.

Il s'était douché et habillé à la hâte, tout en réfléchissant sérieusement. Elle avait traversé beaucoup d'épreuves, il le savait. Et en tant qu'humaine, il lui faudrait sans doute beaucoup de temps pour se remettre de la manière dont elle avait été traitée. Mais en tant que métamorphe, elle avait déjà fait savoir qu'elle prenait des mesures pour aller de l'avant.

Elle n'aurait jamais dû souffrir pour commencer, et l'envie de retrouver son ex ressurgit. Justin laissa tomber et se concentra sur la chose la plus importante, à savoir Mandy et lui, et la façon dont ils s'accordaient.

À plus d'un titre.

C'était trop de tentations pour un seul homme, ou peut-être trop de tentations pour un seul ours sans qu'il perde le contrôle de son homme. La femme qu'il désirait ardemment s'était assise à côté de lui, vêtue d'un bout de tissu qu'il aurait pu faire tenir dans un poing sans presque s'en apercevoir.

Justin s'adossa au mur et reposa sa tête en arrière, fermant les yeux en essayant de songer à des choses atroces pour faire dégonfler son sexe.

Le problème, c'était qu'avec les yeux fermés, il était trop facile de se retourner dans le bain à remous, le doux parfum de la jeune femme emplissant sa tête. Le scénario allait plus loin dans son esprit qu'il ne l'avait fait dans la réalité, car il l'imaginait à califourchon sur lui, posant ses mains sur ses épaules tandis que leurs corps glissaient l'un contre l'autre.

Il ramena son attention sur le moment présent, espérant que son corps cesserait de le tourmenter.

Lorsqu'elle le rejoignit enfin, Mandy paraissait hébétée, et il se secoua brusquement.

— Qu'est-ce qui ne va pas ?

Elle secoua la tête.

— Je n'en sais rien. Il me *semblait* que j'avais ma montre ce matin, mais elle n'était pas dans le casier. J'étais en train de chercher partout pour voir si je ne l'avais pas laissée quelque part. Désolée d'avoir été si longue...

Justin se mit aussitôt en alerte.

— Tu crois que quelqu'un l'a volée ?

— Ou alors je me trompe, et elle est dans mon nouveau chez-moi, dit-elle avec un sourire penaud. Je ne suis pas encore tout à fait installée. Il est fort possible que je n'aie pas suivi ma routine habituelle.

Comme il ne voulait pas l'alarmer, il ne discuta pas. Il insista seulement pour qu'ils s'arrêtent à la réception, où elle laissa une description au cas où l'objet serait remis aux objets trouvés.

Mais une fois sur le parking, ce fut plus fort que lui.

— Puisque nous allons tous les deux dans la même direction, pourquoi ne pas nous contenter d'un seul véhicule ?

Mandy réfléchit à la suggestion.

— C'est une suggestion pleine de bon sens.

— C'est bon pour l'environnement, la taquina-t-il.

— J'insiste pour payer l'essence, dit-elle en lui jetant ses clés.

D'accord, c'était mieux que ce à quoi il s'attendait.

Après tout le temps qu'il avait passé à la suivre... Enfin non, tout le temps qu'il avait passé à remarquer mine de rien le moindre détail à son sujet, mais absolument pas comme un harceleur, il aurait pensé qu'elle insisterait pour prendre le volant. Il se moquait bien de savoir si c'était la Jeep de Mandy ou la sienne, du moment qu'ils étaient ensemble dans le même véhicule.

Il enverrait un message à l'un des membres de la meute Takhini pour qu'il récupère son véhicule sur le parking de la piscine.

— À quelle heure est notre cours d'art, et as-tu quelque chose à faire avant ?

Mandy demanda à s'arrêter au magasin, et il la suivit avec plaisir pendant qu'elle choisissait quelques articles, feignant d'avoir lui-même besoin de quelques objets. Elle arpentait les allées d'un air satisfait, et il ne comptait pas faire quoi que ce soit pour lui ôter cette expression du visage.

Après le shopping, ils déjeunèrent dans un autre café, avec des sandwichs et d'énormes tasses de café remplies à ras bord. Il faisait frais, mais tous deux étaient assis à une table extérieure en manches courtes. L'air froid était loin d'être suffisant pour que leur sang de métamorphe ait besoin d'une veste.

Il laissa son regard dériver sur elle, admirant cette peau nue qu'il avait envie de lécher.

Mandy laissa échapper un petit bruit de plaisir à la première bouchée de son sandwich, et un frisson remonta le long de l'échine de Justin.

Il fallait vraiment qu'il arrête de relier chacune de ses actions au sexe. C'était difficile, parce que tout en elle le séduisait sur le plan animal, et fascinait son esprit.

Elle lui tendit délicatement son sandwich.

— Il faut que tu essaies ça.

Il enroula ses doigts sur ceux de Mandy et prit une bouchée, recouvrant les endroits où elle avait déjà mordu. Il aurait pu jurer qu'aussi bon que soit le sandwich, la seule chose qu'il goûtait, c'était elle.

— Délicieux, dit-il en hochant la tête.

Elle lui offrit un magnifique sourire avant de se tourner vers son téléphone pour vérifier ses messages et boire tranquillement son café.

Le trajet jusqu'à l'atelier d'art prit à peine dix minutes, et Justin se retrouva derrière un tour de potier à côté du sien, s'efforçant de transformer son argile en quelque chose d'un peu moins grumeleux.

Mandy écoutait attentivement l'instructeur, ses mains glissant sur le bloc d'argile rugueux, lissant sans effort la pièce solide pour en faire une grande tige épaisse, ses doigts mouillés travaillant l'argile de haut en bas et de bas en haut...

Merde. Il était de nouveau dur.

Justin se tortilla, mal à l'aise, et ses mains s'enfoncèrent trop fort dans la masse tournante qui ne ressemblait à rien, ce qui en déséquilibra l'un des bords. La tour informe bascula sur le côté, dégonflée.

Si son ami Tyler avait été là, il aurait fait des commentaires sur les érections flasques.

Mandy jeta un coup d'œil dans sa direction, sans même prêter attention au vase qui se formait rapidement sous ses mains. Des mains talentueuses. Des mains qu'il voulait vraiment sur lui...

Il retint un gémissement lorsque son argile se replia à nouveau sur elle-même.

— Tu dois avoir la main plus légère, dit-elle d'un ton taquin.

Ne le dis pas. Ne le dis pas.

Sa bouche était bien moins avisée que son cerveau.

— J'ai l'habitude de caresser un peu plus fort, grogna-t-il, la gorge serrée par sa lubricité.

Elle écarquilla brièvement les yeux avant de tourner la tête vers son tour de potier, mais elle souriait toujours.

Au moment de déposer leurs projets sur la table d'appoint pour la cuisson, il avait repris le contrôle de son corps et il suivit volontiers Mandy jusqu'aux lavabos pour se laver les mains.

— C'était amusant, dit-elle avec un sourire satisfait et amusé. Mais je ne sais pas trop ce que tu vas pouvoir faire d'un cendrier. Tu ne fumes pas.

— Je le donnerai à Tyler et Caroline en guise de cadeau de mariage. Il devra le garder bien en évidence dans leur maison.

Elle éclata de rire.

— Tu devrais peindre des marguerites roses dessus avant qu'il n'aille en cuisson.

— Des marguerites roses ?

— Avec de minuscules myosotis bleus ou un tournesol géant dans le fond.

Ils se sourirent mutuellement, comme des conspirateurs. L'ambiance entre eux était amusante et légère. Ensuite, elle changea l'ambiance en faisant claquer sa langue.

— Ne bouge pas. Tu as de l'argile sur toi.

Elle prit un tas de serviettes en papier dont elle mouilla un coin. Se glissant à côté de lui et saisissant le devant de son t-shirt, elle tira jusqu'à ce qu'il se penche, sa tête au niveau de la sienne. Ensuite, elle entreprit d'essuyer soigneusement la terre de sa joue et de sa tempe.

— Tu t'es investi dans ton travail, le taquina-t-elle.

— Tout ce qui vaut la peine d'être fait vaut la peine d'être bien fait.

Il attrapa ses doigts sans les serrer. Doucement, il rapprocha suffisamment ses jointures pour y déposer un baiser.

— Merci.

Mandy cligna rapidement des yeux avant de s'éclaircir la gorge et de quitter la pièce presque en courant. Justin arborait un large sourire lorsqu'il la suivit.

Ils restèrent assis dans un silence confortable pendant le voyage de retour à Whitehorse, jusqu'à ce qu'il arrête sa Jeep sur le parking de son hôtel.

Confortable, certes, mais le silence avait largement donné le temps à Justin de réfléchir à la suite des événements.

~

JUSTIN ÉTAIT DÉJÀ SORTI par sa portière et avait rejoint son côté de la Jeep avant qu'elle n'ait pu protester. Il l'aida à descendre et lui tint la main.

— Je ne voudrais pas abuser de mes droits, mais aimerais-tu t'asseoir un moment ?

Le rythme cardiaque de Mandy accéléra, avant de s'emballer encore un peu. Ils avaient passé presque toute la journée ensemble, ce qui signifiait que si elle voulait profiter de l'espace et du temps qu'elle s'était promis, la prochaine étape devait être de se dire bonne nuit.

Il reprit la parole avant qu'elle ne puisse le lui dire.

— Tu as beaucoup de choses sur ta liste, et je me disais que ce pourrait être amusant de les mélanger un peu. À moins que tu ne tiennes vraiment à commencer au numéro un et à descendre la liste jusqu'au bout.

Oh, bon sang.

— Non, je ne suis pas une puriste. Il m'arrive même de lire des séries dans le désordre, lui confia-t-elle.

Mandy attrapa ses doigts, le tirant vers le chemin à l'extérieur du bâtiment. Elle n'avait pas encore eu le temps d'explorer tout l'endroit, mais elle avait aperçu cet endroit en regardant par la fenêtre ce matin-là.

Un joli banc public trônait au sommet d'une colline surplombant le fleuve Yukon. Les arbres et les buissons disposés tout autour de la solide structure en bois formaient une oasis partiellement isolée. Ils resteraient en public et les gens pourraient les voir depuis le sentier de promenade situé juste en dessous. Mais à moins que quelqu'un ne veuille monter sur la colline, c'était un endroit charmant et isolé.

Elle s'installa sur le banc, les yeux fixés droit devant elle, faisant semblant d'admirer la vue.

Justin s'assit à côté d'elle, et un doux rire s'échappa de son large torse d'ours.

— C'était un soupir de satisfaction.

Mandy cligna des yeux, l'air surpris.

— J'ai soupiré ? Ce n'était pas une mauvaise chose. Je suis très satisfaite. C'était une bonne journée, et tu as été d'une merveilleuse compagnie.

— Je suis à ton service.

Il l'avait dit très sérieusement, mais pour une raison ou une autre, son cerveau remonta à ce dessin animé pour enfants qui datait de nombreuses années. Et d'un coup, elle s'imagina que Justin était un grand génie bleu qui lui offrait d'exaucer tous ses souhaits.

— À propos de ma liste...

Justin étira son bras le long du dossier du banc, ses biceps frôlant son épaule.

— Oui ?

C'était amusant de savoir qu'elle pouvait taquiner ce grand homme. Elle se sentait totalement en sécurité avec lui, même si la construction de cette confiance était la raison pour laquelle il avait fallu attendre jusqu'à aujourd'hui pour qu'elle passe à l'action.

— Tu ne pensais pas vraiment que je voulais tout faire dans l'ordre où c'était écrit ?

Il haussa les épaules.

— C'est toi le patron, mais non. Je me suis dit que tu compartimentais les choses et que tu les écrivais à mesure qu'elles te venaient. Toutes sortes de travaux manuels, toutes sortes de sports...

— ... toutes sortes de trucs sexuels.

Justin sourit.

— Il m'a fallu un certain temps pour trouver le courage, dit-elle.

Peut-être que cette confession aiderait Justin à comprendre.

— Je n'attendais pas seulement que le divorce soit prononcé. Il m'a fallu deux mois pour décider que je méritais de me retrouver. Et j'ai toutes sortes de grandes idées, mais même là, il peut arriver que quelque chose me semble être une bonne idée, mais que je doive faire marche arrière ou ralentir.

Elle posa une main sur sa cuisse, dont les muscles épais frémirent sous ses doigts.

— Mais je te fais confiance, dit-elle doucement. J'espère que tu sais que ça signifie énormément.

L'expression de Justin changea tandis qu'elle parlait. Son amusement et son intérêt sexuel initiaux changèrent, et ce qu'elle vit sur son visage était bien plus sérieux et solennel, et profondément empreint de ce qu'elle avait désespérément besoin de voir : du respect.

— Pour rien au monde je ne voudrais briser cette confiance, lui assura-t-il.

C'était si parfait, si séduisant, et soudain, elle en eut assez de parler.

Sur sa liste figurait très clairement le désir de s'embrasser dans un endroit qui ne soit pas totalement privé, et c'était un moment idéal. Le bras qu'il avait posé sur le dossier du banc s'enroula autour d'elle avec précaution, comme s'il protégeait une œuvre d'art d'une valeur inestimable. Elle releva le menton et se pencha vers lui au moment où lui se penchait vers elle, et leurs lèvres se rencontrèrent.

Un baiser. Leur premier.

Et pour un premier baiser, il était parfait : tendre et

doux. Les lèvres de Justin se mouvaient lentement sur les siennes, tandis qu'elle réfléchissait au goût qu'il avait. À ce qu'elle ressentait.

À ce qu'elle ressentait au creux de ses entrailles…

C'était étonnamment bouleversant, étant donné qu'il y avait moins de cinq centimètres de contact entre les deux corps.

Elle avait l'impression qu'un mixer tournait à grande vitesse dans son ventre, comme une marque au fer rouge brûlante là, et plus bas encore. Son sexe fourmillait et se contractait tandis qu'il approfondissait le baiser, taquinant ses lèvres avec sa langue jusqu'à ce qu'elle s'ouvre à lui et pousse un soupir.

Il absorba le son ; le bras qui entourait son corps glissa vers le bas jusqu'à ce que sa main se pose sur la hanche de la jeune femme. Il resserra sa prise un instant avant de la détendre, mais ce fut elle qui se pencha davantage sur lui, laissant les palpitations provoquées par sa bouche faire leur travail.

Elle gémit lorsqu'il l'embrassa plus fort, sans s'arrêter même lorsqu'il la souleva sur ses genoux d'un seul coup. Mandy plana une seconde avant de s'installer contre la chaleur de son corps, les jambes de Justin bien fermes sous les siennes. Son érection dure comme la pierre reposait contre sa hanche.

Elle leva les mains sur son torse et le repoussa doucement.

Justin laissa aussitôt un espace entre eux, lui souriant.

— Oups. Comment as-tu atterri là ?

Mandy laissa échapper un rire.

— Je ne vois pas du tout. Peut-être que des lutins des baisers vivent près de ce banc et qu'ils m'ont soulevée par magie.

Il inclina la tête d'un côté à l'autre pendant un moment avant d'acquiescer.

— Il me semble que c'est la seule explication logique.

Mandy fit remonter ses paumes le long de sa poitrine, le long de la masse de ses muscles, jusqu'à passer ses mains sur ses épaules, en contemplant son visage.

— C'était agréable. Le baiser.

Justin haussa un sourcil.

— Non.

Elle hésita.

— Ce n'était pas agréable ?

— Bon sang, non ! répondit-il en secouant la tête avec détermination. Si c'est ainsi que tu décris mes compétences en matière de baisers, ma réputation auprès des loups va partir en lambeaux.

— Je comprends, dit-elle, tapotant ses lèvres d'un doigt, feignant de réfléchir aux options qui se présentaient à eux. Peut-être qu'on devrait recommencer pendant que je réfléchis à de meilleurs qualificatifs.

— Uniquement pour cette raison.

Un vent froid passa, mais Mandy était entourée d'une bulle de chaleur. Le corps de Justin sous elle était une véritable fournaise. Cependant, il se maîtrisait, contrôlant étroitement la puissance et la force de sa passion. Sa retenue lui permettait de se concentrer sur tout le reste et de se perdre dans leur baiser.

Elle essayait de trouver une description qui impressionnerait les loups, vraiment. Mais les mots n'étaient que des concepts vagues et flous qui semblaient bouillonner et pétiller dans son cerveau dans une langue étrangère inconnue.

Lorsqu'ils se séparèrent la fois suivante, elle voyait des étoiles. Les mains de Justin agrippaient fermement ses hanches, et les doigts de Mandy étaient enfouis dans les cheveux courts de sa nuque.

Elle aspira de l'air avant de réussir à parler.

— Waouh.

Justin sourit.

— Beaucoup mieux.

Il était tentant d'aller plus loin. De l'inviter à monter dans son appartement et peut-être passer à un autre point de la liste, mais quelque chose en elle lui disait qu'elle n'était pas tout à fait prête.

Elle était peut-être disposée à le faire maintenant, mais si les choses allaient trop loin, trop vite et qu'elle devait y mettre un coup d'arrêt, ce serait pire que de s'en tenir à son plan initial, qui était d'y aller lentement.

Elle quitta ses genoux et redressa ses vêtements. Lorsqu'elle leva les yeux, elle s'aperçut qu'il souriait.

— Quoi ?

Il se contenta de secouer la tête en lui tendant la main. Leurs doigts se croisèrent tandis qu'il l'escortait jusqu'à la porte de sécurité.

— Sais-tu déjà ce que tu as prévu pour demain ? Parce que... commença-t-il avant de s'éclaircir la gorge. Je vais me ridiculiser une fois pour toutes. Je veux être avec toi, Mandy. Je veux que tu me fasses savoir ce pour quoi tu as besoin d'un coup de main, mais je ne pourrai pas m'en empêcher. Si tu ne m'appelles pas, je viendrai voir. Et ce n'est pas parce que je veux te contrôler, c'est parce que je veux être avec toi.

Son aveu la fit frissonner. Ce n'était pas un frisson de peur comme celui que lui inspirait Ainsworth, mais l'aveu de Justin était à la limite de l'autoritaire, et elle n'était pas prête pour cela. Elle n'était pas prête à se réjouir, même de loin, de l'intérêt qu'il semblait lui porter.

La frontière entre l'obsession et l'attention était trop nette dans sa mémoire.

— Je t'appellerai, promit-elle en entrant dans le bâtiment.

Il attendit que la porte se referme, et que le verrou s'enclenche nettement entre eux. Tout au long des six ou sept pas qui la séparaient de l'ascenseur, elle sentit qu'il l'observait, son regard fixé sur elle jusqu'à ce que les portes se referment et les empêchent de se voir.

Elle appuya son front contre la paroi et laissa échapper une longue et lente respiration, cherchant à apaiser le rythme effréné de son cœur.

— Oh, Mandy. C'est un type bien, mais tu n'as pas besoin de te précipiter, se réprimanda-t-elle alors que les portes de l'ascenseur s'ouvraient avec un léger tintement.

Elle pénétra dans le couloir menant à sa suite et se servit de la carte d'accès. La porte s'ouvrit.

Mandy se tint dans l'embrasure de la porte, figée, les nerfs en alerte.

Une fois encore, quelque chose lui paraissait anormal, mais elle ne parvenait pas à savoir exactement quoi. La sensation que quelqu'un s'était trouvé là où il n'aurait pas dû se trouver la frappa de la même manière qu'à la piscine, mais encore plus fort. Et cette pointe d'incertitude suffit à la faire reculer et à tirer la porte en silence.

Elle repartit à la hâte dans le couloir, le cœur battant la chamade. Elle ressentit aussitôt un besoin viscéral d'envoyer un message à Justin. Ce n'était pas une mauvaise idée, mais était-ce la meilleure ?

Justin la protégerait volontiers, cela ne faisait aucun doute. Mais si elle réagissait de manière excessive, elle ne voulait pas qu'il croie qu'elle allait constamment sursauter à la moindre ombre. Les loups avaient peut-être envoyé quelqu'un à l'appartement pour une raison ou une autre. C'était une explication plausible. C'était...

Mais elle n'allait pas se montrer idiote et partir du principe que tout allait bien.

Ne réfléchis pas, agis.

Mandy sortit son téléphone et envoya un message à une autre personne en qui elle avait une confiance absolue.

Amy. Je pense que quelqu'un est entré dans mon appartement.

Mandy prit les escaliers, agrippant la rampe pour se ralentir dans la descente. Elle se précipita dehors et jeta un coup d'œil alentour.

En gardant leur nature animale secrète au milieu d'une ville essentiellement humaine, la communauté des métamorphes avait logiquement élaboré certains objets. Puisque la meute Takhini était propriétaire de l'appartement, des métamorphes devaient y séjourner. Par conséquent, il devait y avoir un endroit à proximité où elle pourrait cacher ses vêtements.

Elle découvrit la boîte élégamment camouflée en boîte postale décorative. Pour ce qu'elle en savait, la moitié supérieure servait à l'envoi du courrier, mais la partie inférieure contenait une porte qui coulissait pour révéler deux compartiments privés. L'arrière de la boîte était situé juste assez loin dans les arbres pour qu'elle puisse se déshabiller rapidement et rester à l'abri des regards.

Debout, nue, Mandy déposa toutes ses affaires dans l'espace caché, y compris son téléphone. Mais d'ici quelques secondes, de toute manière, elle n'aurait plus aucun moyen d'y répondre.

Elle referma ensuite la porte et posa son pouce sur le petit pavé, très impressionnée par la sécurité high-tech de la meute Takhini.

Cette distraction momentanée lui permit de penser à autre chose qu'à sa peur, une peur déraisonnable, sans doute. Mais avec son passé, la peur déraisonnable devenait raisonnable en un rien de temps.

Elle s'accroupit et déclencha sa transformation : ses membres et son buste se réarrangèrent rapidement pour prendre sa nouvelle forme. Son côté animal était plus puissant et moins délicat que sa forme humaine, mais il restait sensible aux armes tranquillisantes des forces de l'ordre.

Il lui fallait impérativement rester à l'abri des regards. Mandy essayait seulement de rester en sécurité.

Elle se faufila discrètement entre les arbres jusqu'à ce qu'elle trouve un bon point de vue sur la porte de derrière ; les fenêtres de son appartement étaient visibles au-dessus d'elle. En silence, elle s'allongea sur le ventre et attendit.

5

———

Justin n'avait pas encore franchi les portes de la maison de la meute qu'il tombait sur Evan qui courait dans l'autre sens.

Le loup alpha posa une main sur son épaule et le fit pivoter de force, le propulsant quasiment dehors, en direction du parking.

Justin n'était pas d'humeur à tolérer le comportement impulsif d'un loup.

— Qu'est-ce que... ?

— Nous venons de recevoir un message de Mandy. Elle a besoin de nous.

Il n'en fallait pas plus pour que son attitude et ses projets changent du tout au tout. En une fraction de seconde, Justin chargeait aux côtés du loup tout en glissant une main dans sa poche, sortant son téléphone pour vérifier s'il avait des messages.

Rien.

Un sentiment de déception malvenu apparut en même temps qu'une inquiétude grandissante, et il appuya sur l'un de ses messages préprogrammés par numérotation automatique pour envoyer un message secret.

— Qu'a-t-elle dit ? voulut savoir Justin alors qu'ils laissaient de côté leurs véhicules et couraient à toute allure sur le chemin entre les bâtiments.

Ils iraient à l'appartement plus rapidement à pied en utilisant des raccourcis qu'en conduisant et en se garant.

Ils avançaient peut-être rapidement, mais Evan aboya un avertissement au lieu de lui répondre.

— Un conseil pour toi.

Justin retint de justesse un grognement.

Le loup alpha dirigeait son équipe hétéroclite, turbulente et apparemment à la limite de l'incontrôlable, mais il le faisait de manière à ce qu'il y ait très peu d'arrestations ou de morts dans la communauté de métamorphes dont il s'occupait, ce qui était une déclaration puissante en soi.

Mieux valait ne pas ignorer ses conseils, même si Justin s'interrogeait sur l'opportunité de les prodiguer à cet instant.

— Quoi ?

— Tu es prêt à te précipiter là-bas, l'arme au poing. Ou bien tu vas faire exactement le contraire de ce que te dit ton instinct, tu vas retenir tes coups et contrôler la bête parce que tu ne veux pas l'effrayer.

Ils n'étaient plus qu'à un pâté de maisons de l'endroit où Justin avait laissé Mandy quand Evan posa une main sur son bras, le ralentissant à une marche rapide après son sprint.

— L'un ou l'autre serait une erreur. Je ne t'envie pas de devoir tenir l'équilibre entre les deux, mais tu peux tirer les leçons de mon erreur. Lorsque Amy et moi avons dû faire face à notre passé, je n'ai pas pris suffisamment au sérieux le fait qu'elle avait besoin que je sois moi-même, *mais aussi* que je sois à l'écoute de ses préoccupations.

— Ce n'est pas le moment de me faire la morale, répliqua sèchement Justin, pressé de continuer à avancer.

— Nous y serons dans trente secondes, lui promit Evan, mais c'est *important*, mec. Je n'ai reçu mon coup de pied au cul que lorsque j'avais déjà tout gâché, alors d'un mâle alpha à un autre, sois à l'écoute de ce dont elle a besoin, mais ne te retiens pas.

— Bien.

Justin mit ce conseil de côté pour plus tard, se précipitant aux côtés d'Evan alors qu'ils se rapprochaient du grand immeuble situé à la périphérie de la ville.

Evan prit une grande inspiration, puis claqua des doigts en direction des arbres.

— Mandy est là-bas, dans son corps d'ourse. Tu veux lui parler pendant que je vais voir l'appartement ?

Justin acquiesça dans le dos de son ami qui s'éloignait avant de plonger son regard dans l'obscurité, cherchant à apercevoir la forme métamorphosée de la femme qui faisait battre son cœur à toute vitesse.

— Mandy ? Hé, ma jolie. Tout ira bien.

Il s'avança à nouveau, suivant son odeur jusqu'à sa cachette. Il s'arrêta à l'orée de la clairière, lui offrant un sourire rassurant lorsqu'il l'aperçut enfin dans l'ombre.

Il ressentit une pointe d'admiration pour ses talents de camouflage, car sa tâche était plus difficile que celle de la plupart des autres. Justin savait qu'elle n'était pas ordinaire, mais c'était la première fois qu'il voyait sa forme animale.

Sa fourrure était un délicat mélange de blanc, de gris et d'argent que l'on prenait souvent au premier coup d'œil pour celle d'un ours polaire, alors qu'elle était celle d'un membre de l'île de Kodiak. Des ours fantômes, rares et magnifiques.

— Je ne sais pas ce qui t'a effrayée, mais je suis très impressionné, lui avoua-t-il, car elle s'était vraiment bien cachée. Si Evan ne m'avait pas dit où commencer à chercher, tu serais encore cachée, et ce n'est pas facile avec ta fourrure blanche.

Mandy se mit à quatre pattes et s'approcha de lui pour appuyer son épaule et sa tête contre sa jambe.

Elle était si petite qu'il lui sembla logique de s'agenouiller à côté d'elle.

— Pourquoi est-ce que tu ne resterais pas ainsi ? lui suggéra-t-il. Evan sera de retour d'ici une minute, et nous pourrons décider de ce que tu veux faire à ce moment-là.

Elle acquiesça et laissa tomber son arrière-train sur le sol. Elle bascula la tête en arrière et il suivit la ligne de son regard jusqu'à l'appartement du haut où une lumière venait de s'allumer. La grande silhouette d'Evan se dessinait clairement derrière les fenêtres.

— Il est à l'intérieur maintenant.

Pendant qu'ils attendaient, Justin réfléchit aux conseils que le loup lui avait donnés. À cet instant, la première chose qu'il voulait faire, c'était attraper Mandy et partir dans les collines. Quoiqu'il soit en train de se passer, il voulait qu'elle soit auprès de lui, mais elle lui avait expressément demandé de ne pas prendre les commandes.

Ce qui signifiait qu'il devait la faire changer d'avis, car lui ne changerait pas le sien. Pas si elle était en danger.

Il passa un bras autour de ses épaules : sa fourrure était douce sous ses mains. Il avait envie de se transformer et de se joindre à elle, de la protéger et la réconforter comme son ours en avait envie.

Heureusement, ou malheureusement, il fut distrait par la vibration de son téléphone dans sa poche.

— Quelqu'un est entré ici, c'est certain, commença Evan sans préambule. Plusieurs personnes.

— Ta meute ?

— Non, ours. Personne que je reconnaisse. Ce qui veut dire que ce n'est pas son ex, mais ça ne signifie pas que ce n'est pas quelqu'un qui a un lien avec lui.

Justin retint les jurons qui le démangeaient.

— Des suggestions ?

Il s'attendait à ce que le loup lui ordonne de la ramener à la maison de la meute, mais au lieu de cela, il surprit Justin.

— Emmène-la loin de la ville, dit Evan. Si tu as besoin d'aide, fais-le-moi savoir. Sinon, elle n'a même pas défait ses valises. Je peux prendre ses bagages et être là dans quelques minutes.

C'était un véritable numéro d'équilibriste. C'était exactement ce qu'il voulait : Mandy à ses côtés.

Mais ce qu'il ne voulait pas : qu'on lui enlève le contrôle et qu'il se retrouve dans la position du protecteur.

Heureusement qu'il n'était pas seulement fort et beau, comme elle l'avait souligné, mais aussi très, très intelligent.

Justin lui souleva le menton jusqu'à ce que son regard croise le sien.

— Voici les options telles que je les vois, lui dit-il d'une voix claire. Quelqu'un est entré dans ton appartement. Tu l'as compris, et c'est bien joué de ta part. Maintenant, dis-moi ce que tu veux faire, dit-il en levant un doigt. Tu peux retourner à la maison de la meute Takhini, mais tant que nous ne saurons pas qui était dans l'appartement, tu risquerais d'attirer des ennuis sur nos amis. Ensuite, fit-il en levant un autre doigt, tu peux partir. S'il y a un endroit où tu penses que tu seras en sécurité, comme chez toi auprès de ta famille, alors c'est là que nous irons.

Ses yeux papillonnèrent tandis qu'elle absorbait ses paroles.

— Oui, où que tu ailles, je t'accompagne. Et la troisième option, c'est que nous pouvons partir tous les deux, mais c'est *moi* qui décide d'où nous allons. Cela pourrait être une réaction excessive de notre part, mais j'ai les moyens de te protéger. Et pendant que je te protégerai, nous continuerons à travailler sur ta liste, lui promit-il. Parce qu'il ne serait pas juste de laisser quelqu'un te voler un jour de plus.

Elle le fixa en réfléchissant aux options qu'il lui proposait, le brun foncé de ses pupilles humaines prenant une teinte encore plus profonde sous sa forme d'ours.

Puis elle le surprit et se transforma aussitôt en une petite femme aux os fins, complètement nue devant lui, agenouillée sur le sol.

Elle releva le menton. Son expression ne reflétait pas la moindre peur, rien que de la détermination.

— Tu n'es qu'un enfoiré autoritaire, dit-elle sans ambages, mais je ne peux guère contester ta logique. Il y a une chose que tu dois savoir : je suis fatiguée de fuir.

Il hocha rapidement la tête en signe d'approbation.

— Ce n'est pas fuir quand on va où l'on voulait aller, souligna-t-il.

Mandy posa sa main dans la sienne et le laissa la relever.

— Mais c'est moi qui commande, insista-t-elle. Je ne ferai rien de stupide pendant que tu me protèges, mais... dit-elle en posant son pouce sur sa poitrine juste au-dessus de ses seins nus. C'est moi qui décide. Je sais que tu ne l'oublieras pas.

Justin suivit une nouvelle fois l'exemple du loup alpha,

se penchant sur ses doigts pour déposer un baiser sur ses articulations.

— Je crois que nous sommes sur la même longueur d'onde, *my lady*. On se prépare pour notre grande aventure ?

~

Mandy s'habilla rapidement et venait d'enfiler ses chaussures lorsque la porte de la résidence s'ouvrit et qu'Evan Stone apparut, ses valises dans les mains. Il se tourna sans hésiter vers l'endroit où Justin et elle marchaient vers lui, attendant sur place qu'ils arrivent. Et comme il l'avait fait ces deux derniers mois chaque fois qu'il la saluait, il posa les valises pour s'avancer et l'étreindre, protecteur et familier comme un frère.

Elle était impressionnée de voir que Justin avait retenu ses instincts possessifs. Cette fois-ci, son grognement de contrariété était à peine audible.

Evan recula avec un sourire en coin en regardant Justin.

— Désolé. Ce n'est pas de ma faute si je suis fait pour protéger.

— C'est vrai. Parce que les câlins sont tellement protecteurs, grommela Justin.

Mandy voulait des informations, pas un concours de mâles alphas.

— Il y avait quelqu'un dans mon appartement ?

Aussitôt, toute trace de l'amusement d'Evan s'évanouit.

— Au moins deux, du sang neuf.

Son cœur manqua un battement.

— Alors, merci pour tout ce que tu as fait, mais je vais demander à Justin de m'emmener.

Evan acquiesça.

— Je vous enverrai une liste de mes contacts. Si l'un d'entre eux peut vous aider à un moment ou à un autre, faites appel à lui. En attendant, je vais faire venir quelques-uns de mes meilleurs traqueurs pour trouver un maximum d'informations sur tes visiteurs.

— J'espère qu'il s'agit simplement d'une personne curieuse de savoir ce que j'ai fait depuis le conclave de l'ours et les élections.

Mandy savait que c'était une explication raisonnable, mais pas très plausible.

Evan tendit la main à Justin, qui la serra fermement.

— Demande-moi ce que tu veux, frangin. C'est à toi.

— J'ai des gens dans toute la ville. Quelqu'un te contactera pour t'informer de l'évolution des projets que nous menons ensemble.

Le loup ricana.

— J'aurais dû savoir que tu aurais des plans de secours et que tu serais prêt à partir au pied levé. *Flash*.

— N'essaie pas de me flatter, le prévint Justin. À ce stade de nos vies, nous savons tous les deux qu'il existe des plans de secours pour nos plans de secours.

— Évidemment. C'est ce qui arrive quand on tire quelques dures leçons de ce qui se produit quand on n'est pas préparé...

Le loup lança un regard plutôt perçant à Justin.

Mandy n'était pas tout à fait sûre de ce dont ils parlaient, mais lorsque Justin lui fit signe de le rejoindre, elle s'avança.

Il prit ses deux valises, l'une sous son bras et l'autre dans ses grands doigts, avant de lui tendre sa main libre.

— Je peux m'occuper de l'une de mes valises, proposa-t-elle. Ne serait-il pas plus difficile pour toi de me protéger si tu as les deux mains pleines ?

— Tu marques un point.

Il bougea aussitôt, laissant tomber la plus petite valise et allongeant la poignée pour qu'elle puisse la faire rouler avec sa main droite, tandis qu'il reprenait sa main gauche.

Ils étaient à mi-chemin du pâté de maisons avant qu'elle se rende compte qu'elle n'avait pas officiellement dit au revoir à Evan, trop amusée par les manœuvres élaborées de Justin pour pouvoir lui tenir la main.

— Et en quoi est-ce mieux ? lui demanda-t-elle. Tu as toujours les deux mains pleines.

— Oui, mais je peux lancer la valise sur quiconque nous menacerait, c'est donc une arme parfaite.

Ils marchèrent d'un bon pas tandis qu'il les guidait dans les rues principales bien éclairées de la ville. Derrière eux, Evan se tapissait dans l'ombre, les surveillant, offrant une double protection.

— Je suppose que nous aurons des gens qui nous suivront tout le temps ? demanda Mandy.

— Non, sauf si cela s'avère nécessaire. Et si c'est le cas, et qu'il font bien leur travail, tu ne devrais même pas les remarquer.

Avec leurs mains jointes, il fit un geste en direction d'une rue secondaire et l'entraîna dans cette nouvelle direction.

— Je t'ai dit que je te protégerais, et j'userai de tous les moyens nécessaires pour ça, mais j'espère que tu me laisseras gérer les détails. Si tu veux que je te dise tout, je le ferai, bien sûr, mais...

Puisqu'il avait si bien réussi à lui faire comprendre que sa seule véritable option était de lui faire confiance, il semblait insensé de sa part de lui rendre la tâche plus difficile.

— Dis-moi ce que j'ai besoin de savoir. Ou, si j'ai des

inquiétudes, je te poserai des questions. Si nécessaire, dis-moi que *tu t'es occupé de tout*, et je m'en tiendrai à ça.

Ils avancèrent dans un silence relatif le long des deux pâtés de maisons suivants. Elle se concentrait le plus possible sur son environnement, à l'écoute du danger, mais il n'y avait rien d'autre que les bruits aléatoires toujours présents la nuit dans une ville, aussi petite soit-elle. Très vite, ils se retrouvèrent derrière la maison de la meute où Justin l'escorta jusqu'à une Land Rover, ouvrant l'arrière et jetant ses valises à l'intérieur avant de l'aider à gravir la marche raide pour monter dans le véhicule surélevé.

Il avait fait le tour du camion et s'était installé sur le siège du conducteur presque instantanément, et elle resta silencieuse, sa curiosité exacerbée, jusqu'à ce qu'ils soient en sécurité sur la route, en direction du sud, pour quitter Whitehorse.

— Ce n'est pas ton camion, remarqua-t-elle.

Elle jeta un rapide coup d'œil à l'arrière, et constata qu'il n'y avait pas que ses bagages.

— Ce sont tes valises ?

Il acquiesça, les yeux rivés sur l'autoroute.

— J'ai envoyé un message à mon contact. Il nous prête la Land Rover pour un temps. Juste au cas où nos visiteurs seraient restés un certain temps près de la maison de la meute. Ils connaissent peut-être nos véhicules, ou peut-être qu'ils ont mis des mouchards dessus.

Toutes ces précautions lui paraissent exagérées, mais elle tint sa langue et refusa de verbaliser ses protestations. S'il croyait tout cela nécessaire...

Elle lui avait dit qu'elle lui ferait confiance, alors jusqu'à preuve du contraire, elle allait le faire. Cela leur prendrait moins d'énergie à tous les deux si elle ne posait pas de questions tout le temps.

Mandy était en plein débat intérieur pour savoir si elle devait demander où ils allaient, ou si cela dépassait les bornes, lorsqu'il lui donna spontanément quelques informations.

— Pour toute personne dotée d'un demi-cerveau, la direction que nous prendrons sera assez évidente. Il n'y a que trois routes principales au départ de Whitehorse qui ne débouchent pas au milieu du bush, et personne ne croira que tu es assez stupide pour te faire piéger sur l'une d'entre elles.

— Exact.

— Tu as dit que tu voulais faire de la motoneige. Le meilleur endroit pour faire ça maintenant, c'est plus au nord.

Mandy se tordit sur son siège pour le fixer.

— Sérieusement ? On va vraiment travailler sur ma liste ?

— Pas tout de suite, mais oui, bien sûr.

Elle était à deux doigts de protester, mais elle referma délibérément ses lèvres. *Je dois lui faire confiance. Il sait ce qu'il fait.*

Elle s'efforça de se détendre contre le siège en cuir.

— Je n'ai jamais conduit de motoneige.

Un léger rire lui échappa.

— Comme tu l'as dit, c'est un peu le but. Ne t'inquiète pas, tu vas t'amuser comme une folle. Nous allons te donner quelques leçons, et tu pourras te balader en un rien de temps.

— Et il y a assez de neige ?

— Pas à Whitehorse, pas encore. Mais sur les cols, et plus au nord, l'hiver est arrivé il y a quelques semaines. Il faut qu'on choisisse soigneusement nos itinéraires, mais j'ai un ami qui nous donnera un coup de main.

La curiosité l'étreignit à nouveau.

— Tu as dit que tu avais envoyé un message à un contact et qu'il avait préparé la Land Rover. Quand ? Et à quel moment a-t-il eu le temps de faire tes valises ?

Justin lui sourit.

— J'ai une série de codes d'urgence préprogrammés dans mon téléphone. Une seule touche, et ils savent ce que j'attends d'eux.

— Tu es le plus grand boy-scout que j'aie jamais rencontré.

Le sourire de Justin s'élargit.

— « Toujours prêt », c'est une bonne devise.

Mandy tourna les yeux vers l'avant et sursauta de surprise, levant un doigt pour montrer le pare-brise.

— *Ours.*

— Pile à l'heure.

Justin quitta l'autoroute pour s'engager sur une petite route de gravier alors que l'ours noir quittait la route principale et s'enfonçait dans les arbres.

Ils n'avaient pas parcouru un kilomètre que la route prenait un virage serré et revenait dans une clairière. Ils étaient totalement invisibles de l'autoroute, couverts en grande partie par des arbres denses. Justin se gara à côté de ce qui semblait être un camping-car aménagé.

La confusion de Mandy s'accrut. Le camping figurait sur sa liste, mais le timing semblait étrange.

— On fait du camping ?

— Ici ? Non.

Justine était une véritable mine d'informations. *Non.*

Elle tenta d'en savoir plus.

— Je me disais que le camping serait plutôt pour le printemps.

Il descendit de la voiture et fit le tour jusqu'à son côté, pour l'aider à descendre.

— C'est un camping-car plutôt sympa. Nous aurons suffisamment chaud.

Il la conduisit jusqu'à l'avant du camping-car, lançant un coup d'œil impatient à sa montre tandis que Mandy se rapprochait des vitres fumées pour tenter de voir l'intérieur.

Un homme à la peau foncée contourna le véhicule, s'avançant vers eux en ne portant rien de plus qu'un sourire.

C'était manifestement la personne que Justin attendait, car au lieu de se jeter sur lui ou de crier, il poussa un énorme soupir.

— Tu as *vraiment* l'intention de conduire comme ça ?

L'autre homme haussa les épaules.

— Les vêtements me donnent des démangeaisons

— Bien, c'est ton choix, mais je ne paierai pas ta caution si tu te fais arrêter, dit Justin avant de se tourner vers Mandy pour faire les présentations. Voici Dale. C'est sa Land Rover que nous venons d'emprunter.

Dale lui fit une jolie révérence, agitant la main devant lui alors qu'il s'inclinait vers elle.

— Et c'est également de mon camping-car que vous allez profiter. Si vous avez besoin de quoi que ce soit d'autre, n'hésitez pas à me le faire savoir, à moi ou à ma famille. Nous sommes à votre disposition, milady.

— Euh... merci. Si je peux faire quelque chose en retour...

Le regard de Dale passa d'elle à Justin avant de se poser à nouveau sur elle.

— Je n'ai besoin d'aucune faveur, insista-t-il.

Il passa devant eux et monta dans la Land Rover.

— Si tu te fais arrêter, la police montée va se déchaîner sur ton cul d'ours nu, le prévint Justin.

Dale referma la porte avant de baisser la vitre et se pencher dehors.

— Il y a une jolie petite demoiselle dans le département par ici. Si elle m'arrête, je suis sûr que nous pourrons trouver un meilleur arrangement que de passer la nuit derrière des barreaux métalliques froids.

Il lui adressa un clin d'œil malicieux avant de reculer le véhicule et de faire demi-tour. Une fine couche de poussière se souleva sous les pneus tandis qu'il roulait lentement pour disparaître au tournant.

Justin fit monter Mandy dans le camping-car où elle s'attacha.

— Tu pourras jeter un œil plus tard. Je veux reprendre l'autoroute.

Mandy se posait un million de questions, et cette curiosité brûlante semblait être son nouvel état d'esprit.

— Dale est un très... Oh, non ! Il a nos valises.

Au lieu de paniquer ou d'attraper son téléphone pour rappeler l'autre ours, Justin enclencha la vitesse du camping-car et manœuvra pour sortir des arbres et prendre la direction de l'autoroute.

Il bifurqua alors vers l'est, retournant à Whitehorse.

Justin lui jeta un regard.

— Dale déposera nos bagages dès qu'il aura pu les passer au détecteur de mouchards, juste pour s'assurer que personne n'a laissé de surprise à l'un ou l'autre d'entre nous.

Waouh. Voilà qui devenait bien plus tordu et compliqué que ce à quoi elle s'attendait.

— Alors... est-ce qu'on campe à Whitehorse ?

— Non. C'est trop proche de facteurs inconnus. J'ai trouvé une planque où nous pourrons nous cacher et nous amuser à travailler sur ta liste.

Avec tout ce qui s'était passé au cours de la dernière

heure, sa liste semblait sans importance, et pourtant il était évident que Justin était déterminé à respecter son engagement.

Ce qui permit à Mandy de se détendre et de suivre le mouvement.

— Tu sais vraiment ce que tu fais.

— Effectivement.

Elle ajusta légèrement le siège pour pouvoir se pencher davantage en arrière, regardant par la fenêtre les lumières de Whitehorse qui se rapprochaient.

6

———————

Mandy faisait de son mieux pour rester éveillée, mais le voyage en douceur après une journée bien remplie la faisait lentement basculer dans le monde des rêves.

Elle se sentait merveilleusement reposée lorsque le sommeil la quitta enfin. Elle se réveilla dans un lit confortable aux dimensions métamorphes, c'est-à-dire assez grand pour la contenir, elle et toute une famille d'ours.

Pendant un instant, elle retint son souffle avec espoir avant de se retourner pour découvrir un espace vide à ses côtés. Déçue que Justin ne soit pas avec elle, elle réfléchit à ce qu'elle voulait.

Leur petite excursion hors de Whitehorse n'avait pas été planifiée, mais Justin avait raison. Même si elle devait rester en sécurité, cela ne signifiait pas qu'elle devait renoncer aux prochaines étapes de sa vie.

Mandy se retourna à nouveau. Une douceur satinée taquina sa peau alors qu'elle glissait ses jambes par-dessus le bord du lit. Elle jeta un coup d'œil à une chemise de nuit familière, puis à la table d'appoint où se trouvait sa valise ouverte.

De vagues souvenirs lui revenaient en mémoire. Justin qui la faisait entrer dans l'appartement, se moquant gentiment de sa gaucherie somnolente avant de quitter la pièce pour la laisser enfiler ses vêtements de nuit et se glisser sous les couvertures.

Ses vêtements de la veille étaient soigneusement pliés sur une chaise voisine. Elle s'habilla rapidement, jeta un coup d'œil curieux dans la pièce confortablement aménagée avant de se diriger vers la porte derrière laquelle un bruit doux et répétitif résonnait.

Le parquet était tiède sous les pieds et de belles photos de paysages montagneux sauvages étaient accrochées aux murs du salon, où elle pénétra sans bruit.

Justin se tenait derrière le comptoir de l'îlot, un fouet à la main, et battait énergiquement de la pâte dans un saladier surdimensionné.

Il lui offrit un sourire.

— Bonjour, belle au bois dormant.

Mandy jeta un regard à l'horloge du four mural.

— On est presque l'après-midi.

— Dix heures, ce n'est pas si tard, et nous n'avons pas de planning établi. Je me suis dit qu'il valait mieux que tu dormes tant que tu en avais besoin.

Elle prit place sur le tabouret en face de lui.

— À quelle heure sommes-nous arrivés ?

— Vers quatre heures du matin.

— J'espère que tu as dormi.

— Assez. Je pourrai faire une sieste plus tard si nécessaire. Laisse-moi finir ça et le mettre au four, ensuite je pourrai te faire visiter les lieux.

Il versa la pâte dans des moules à muffins, remplissant

chacun d'entre eux de manière experte exactement au même niveau, sans s'arrêter ni en renverser sur le plan de travail.

Sa compétence dans de si nombreux domaines, petits et grands, la stupéfiait et lui rappelait encore une fois qu'il y avait bien des choses qu'elle ignorait. Il avait tant de compétences de base pour la vie, en plus des activités récréatives, et elle se sentait comme une petite enfant qui s'aventurait pour la première fois dans le vaste monde.

Elle étudia attentivement la sensation qu'elle ressentait dans ses tripes, heureuse de découvrir que ce n'était pas un manque de confiance ou un désespoir qui s'était installé, mais plutôt un sentiment de hâte à l'idée de ce qu'elle avait à apprendre.

Tout compte fait, c'était bien mieux que de retourner à la peur et à la séparation de la communauté qui avaient fait partie de sa vie pendant si longtemps.

Mandy se surprit à sourire joyeusement en attendant qu'il ait fini et qu'il mette le plat au four.

Justin épousseta la farine de ses grandes mains.

— Vingt-cinq minutes avant le petit-déjeuner, et ensuite, nous pourrons partir à l'aventure.

— Tu veux bien me dire où nous sommes ?

Il cligna des yeux.

— Pardon. Nous sommes à Chicken.

Mandy ouvrit la bouche pour lui répondre, mais rien ne semblait pouvoir répondre à une annonce aussi bizarre.

— *D'accord...*

Justin rit doucement.

— Laisse-moi nettoyer. Jette un coup d'œil, il devrait y avoir une belle vue sur Main Street d'ici.

Elle suivit son doigt pointé vers le bord d'une fenêtre allant du sol au plafond, ce qui, avec le plafond surélevé, signifiait que le rideau qu'elle écarta révélait une énorme baie vitrée. Le deuxième étage lui offrait une vue imprenable, et elle baissa le regard avec enthousiasme.

On se serait cru dans un décor de vieux western. Des bâtiments à la façade en trompe-l'œil se dressaient le long d'une promenade rustique en bois. La route était en terre battue recouverte de neige ou en gravier fin, et en jetant un coup d'œil sur toute la longueur de la chaussée, elle n'aperçut pas le moindre lampadaire.

Les véhicules qui circulaient dans la rue étaient le seul indice qu'ils n'avaient pas voyagé dans le temps. Si le premier camion qu'elle a aperçu datait des années 1920, le suivant était un Hummer moderne et élégant qui se garait au bord du trottoir derrière lui.

L'épicerie située derrière les véhicules présentait des rangées de produits sur des étagères en bois à l'extérieur, et un homme en salopette déneigeait la promenade à l'aide d'un balai-brosse. Une femme dont la jupe frôlait les planches nues s'avança avec une ombrelle sur l'épaule pour examiner les pommes.

Mandy n'avait jamais entendu parler de cette ville, mais elle ne se serait jamais attendue à cela.

— Est-ce qu'il y a une association de reconstitution historique en ville... ?

Sa question mourut sur ses lèvres lorsque les portes du Hummer s'ouvrirent et que deux humains en sortirent, suivis d'un grand nombre de ce qui, à première vue, ressemblait à des chiens. Mandy les examina de plus près et sursauta lorsqu'un couple du groupe reprit forme humaine, se tenant nu dans la rue et pointant du doigt différentes directions, débattant manifestement de la première à prendre.

—Waouh.

Justin se posta à côté d'elle, et son amusement se sentit dans sa voix lorsqu'il lui répondit.

— Oui, c'est une ville de métamorphes.

— Seulement de métamorphes ?

Il se pencha en avant, pointant du doigt le côté opposé de la rue où un couple de carcajous marchait épaule contre épaule.

— De rares humains se montrent, mais la plupart du temps ils passent leur chemin. Nous nous trouvons actuellement dans une région très isolée de l'Alaska et, à cette époque de l'année en particulier, les seules personnes présentes sont celles qui ont leur place ici.

Mandy céda à la tentation, et s'appuya contre la chaleur de son corps.

— Je n'ai jamais rien vu de tel.

— Il y a des villes métamorphes dans la plupart des pays. Chicken est inhabituel en ce sens qu'il y a toutes sortes de métamorphes et pas seulement des loups, des chats ou autres.

— Et ils ne se battent pas ?

— Bien sûr qu'ils se battent, dit-il en lui caressant le bras. Sauf qu'ils se réconcilient plus vite que la normale, et qu'ils n'ont pas pour habitude de dévaster l'endroit, ce qui aide.

— Je n'aime pas me battre.

Il la fit tourner, et cela lui sembla la chose la plus naturelle au monde de se glisser dans ses bras.

— Princesse.

— Peut-être, mais je n'aime pas la violence ni les jeux politiques. Et je ne me bats pas.

Il haussa un sourcil, mais sembla plus à même de repousser ses cheveux derrière son oreille. C'était un geste doux et intime.

Soudain, il écarta davantage les pieds et la serra contre lui.

— Tu te bats contre toi-même, dit-il en agitant son doigt entre eux. Tu combats ce qui vient naturellement, comme cette chaleur entre nous.

C'était vrai... jusqu'à présent.

— Qui a parlé de lutter contre ça plus longtemps ?

Mandy fondit contre lui et pencha la tête en arrière pour accepter le baiser qu'il lui offrait. Elle appuya ses paumes sur sa poitrine et laissa la chaleur de son corps l'envelopper.

Son toucher restait doux alors qu'il sollicitait tous ses sens et qu'elle devenait plus alerte. C'était comme si elle s'était réveillée, par seulement son corps, mais son être tout entier.

Il était temps pour ça. Il était temps de jouir de cette attirance qu'ils ressentaient. Elle glissa ses mains plus haut jusqu'à ce qu'elle puisse l'attraper par la nuque et l'attirer encore plus près d'elle.

Justin grogna son approbation, posant ses mains sur ses hanches avant de la soulever dans les airs avec aisance, sans rompre le contact entre leurs bouches. Il s'éloigna de la fenêtre en marchant à l'aveuglette, et elle ne savait pas exactement où ils allaient parce qu'elle se concentrait sur le plaisir que procuraient les caresses de sa langue contre la sienne. Sur cette impression d'être légère et délicate sous son emprise possessive sur ses hanches.

La chaleur grandit au creux de son corps tandis qu'il la caressait, jouait avec elle, la taquinait.

Il la posa sur une surface dure, et l'instant d'après, elle sentit que ses mains lui écartaient les jambes.

— Je veux te goûter partout, grogna-t-il, sa voix exprimant clairement le besoin et le désir.

Elle lui mordit les lèvres, l'embrassant doucement avant de reculer. Elle le narguait, les narguait tous les deux.

Elle aurait volontiers continué à jouer bien plus longtemps, mais il avait manifestement un autre programme en tête, car l'instant d'après, elle se retrouva nue de la taille aux pieds, et Justin était à genoux devant elle. Il la tira par les hanches jusqu'au bord du comptoir et plaça sa bouche au point zéro.

— Oh, *oui* !

Il lécha et caressa, le bout de ses doigts s'enfonçant dans ses fesses alors qu'il la déplaçait très légèrement, changeant la pression pour parfaitement cibler son tourment. Plus doucement maintenant, il remonta d'un côté de ses replis intimes puis redescendit sur l'autre avant de tirer doucement sur son clitoris. De petits mouvements qui augmentaient le rythme et la pression jusqu'à ce qu'elle soit à une seconde d'exploser.

Et... il recula.

Son corps s'immobilisa brutalement.

— Justin ! se plaignit-elle.

Il leva le nez, avec une lueur d'amusement mêlée au brasier dans ses yeux.

— Je n'ai pas fini. C'était la mise en bouche. Maintenant, je suis prêt à m'amuser.

Il glissa une main sur son ventre et remonta, appuyant sur son buste jusqu'à ce qu'elle soit obligée de s'allonger sur le plan de travail. Les pieds sur le bord, la tête posée sur le granit. Elle fixa le plafond au-dessus d'elle, où était suspendu un délicat lustre de verre étincelant. Certaines parties, semblables à des bijoux, étaient faites de verre teinté...

Ce fut à ce moment-là que sa vision commença à se brouiller, car maintenant qu'il l'avait mise dans la position qu'il voulait, Justin se remit au travail, enfonçant sa langue profondément et faisant vaciller ses sens.

La pression augmenta lorsqu'il glissa un doigt dans son sexe, sa chair endolorie l'accueillant en même temps qu'un frisson parcourait sa peau. Il recula, puis s'enfonça à nouveau, encore et encore, jusqu'à ce qu'elle tende la main et enfouisse ses doigts dans ses cheveux.

— Tu ne vas nulle part, lui ordonna-t-elle, espérant ardemment qu'il lui obéirait, car s'il ne le voulait pas, elle ne pourrait pas faire grand-chose pour l'empêcher de bouger.

Justin répondit en la léchant plus fermement, un deuxième doigt se glissant avec le premier.

Cela faisait si longtemps qu'elle n'avait pas senti la caresse de quelqu'un d'autre que la sienne, qu'il n'était pas étonnant qu'elle soit au bord de l'orgasme. Encore quelques pressions, encore quelques caresses et elle y serait.

Mais il ne jouait pas équitable, relâchant la pression juste assez pour qu'elle se plaigne avec véhémence.

Il se souleva au-dessus d'elle, appuyant un coude sur l'îlot à côté d'elle et la regardant dans les yeux, ses doigts enfouis au creux de son corps.

— Je n'aime pas me précipiter, mais parfois, il faut simplement aller au bout de la mission. Je parie que tu es jolie quand tu jouis.

Ce devait être son pouce qui tournait encore et encore en augmentant lentement la pression sur son clitoris tandis qu'il massait l'intérieur de son sexe avec le bout de ses doigts. La tension était parfaitement synchronisée pour pousser son impatience au maximum, puis au-delà, accueillant l'orgasme qui secouait son corps tout entier. Son sexe se contracta sur les doigts de Justin, et elle lutta désespérément pour garder les yeux ouverts, le regard fixé sur lui alors qu'il ronronnait d'approbation en la voyant perdre le contrôle.

Justin était vraiment doué pour tout ce qu'il entreprenait.

Chaque fois qu'elle pensait que son corps en avait fini, il ajustait ses doigts et prolongeait son extase. Les vagues se succédaient comme dans l'océan lors d'une tempête, chacune se brisant et s'écrasant sur la suivante jusqu'à ce qu'elle s'effondre totalement désarticulée, incapable d'en supporter davantage.

Justin libéra sa main et se pencha sur elle, la longueur de son érection appuyant sur sa jambe. Mais il ne semblait pas malheureux pour autant. Bien au contraire. Il sourit avant de porter sa main à la bouche et de se lécher les doigts.

Mandy ouvrit la bouche pour dire quelque chose, même si elle n'était pas certaine de ce qu'il convenait de dire. Un simple *merci* ne semblait pas suffisant, mais la minuterie du four se déclencha, et Justin la tira en position assise avant de déposer un bref baiser sur ses lèvres.

— Ne bougez pas, lui ordonna-t-il.

Elle était suffisamment sonnée pour se moquer d'être cul nu, les jambes écartées, en le regardant jouer les fées du logis et sortir leur petit-déjeuner du four.

Elle ne ressentait aucune honte par rapport à ce qu'ils avaient fait, même si elle espérait vraiment pouvoir faire quelque chose pour lui en retour bientôt.

JUSTIN ne se considérait pas comme un bon candidat au martyre. Il savait exactement ce qu'il aimait, et il réussissait la plupart du temps à vivre d'une manière qui lui plaisait.

Un cadre confortable était la règle, même s'il avait passé du temps dans la maison de la meute de loups. Il devait rarement renoncer au confort des créatures, même dans son rôle de garde du corps de Tyler.

Mais au bout du compte, il était prêt à faire tous les sacrifices nécessaires pour atteindre ses objectifs et relever les défis de sa journée.

Son seul objectif actuel et permanent : assurer la sécurité de Mandy et la rendre heureuse. Dans cet ordre. S'il pouvait faire les deux en même temps, c'était encore mieux.

Si *la rendre heureuse* impliquait du sexe et des excursions, Justin Cullinan serait un ours heureux.

En tout cas, ce matin-là, lui procurer du plaisir avait été le point culminant de ses derniers jours. Il n'avait pas l'intention de la brusquer, et si elle avait besoin de plus de temps, il le lui accorderait. Oui, il était prêt à lui prodiguer toutes les caresses buccales qu'elle pourrait supporter.

Entre-temps, il se concentrait sur la première partie de la tâche, la protéger tandis qu'elle se promenait dans la ville en regardant tout, ses doigts croisés avec les siens. La liste des choses à faire semblait avoir été oubliée, ce qui n'était pas grave. Il espérait toutefois qu'elle finirait par y revenir, car il attendait avec impatience les situations plus physiques, comme lorsqu'elle déciderait qu'il était temps d'aller de l'avant et qu'elle poserait enfin ses mains sur lui de manière intime.

Son sexe se dressa à cette idée, et il s'ajusta avec désinvolture dans une position moins douloureuse.

Mandy se tenait devant la plaque expliquant l'origine du nom de la ville et riait aux éclats lorsqu'elle arriva au bout.

— C'est le genre de choses que j'aurais pu faire. Ma

famille se moquait de moi sans pitié à cause de mon orthographe déplorable.

Justin se décala légèrement pour la protéger d'un groupe qui passait dans la direction opposée.

— Il faut admettre que *Lagopède* aurait fait un excellent nom pour la ville, mais ce n'est pas un mot facile à épeler. Mais on aurait pu penser qu'ils auraient choisi quelque chose de complètement différent.

— Non, *Chicken*, ça fonctionne parfaitement, c'est drôle. Après tout... les lagopèdes sont des poulets de l'Arctique, non ? dit-elle, et son nez se plissa de manière adorable. Attends ! Est-ce qu'il y a des lagopèdes métamorphes ?

— Probablement, dit-il en souriant. Seuls les métamorphes les plus doux ont tendance à rester un peu plus isolés.

— Pour de bonnes raisons, je suppose.

Justin haussa les épaules.

— Les métamorphes sont des métamorphes. Nous sommes plus résistants que les humains, même ceux qui n'ont pas de fourrure ou de dents pointues. Ne néglige pas non plus les espèces sauvages : as-tu déjà eu affaire à un simple carouge à épaulettes ? Ils sont dangereux et territoriaux, même s'ils sont petits.

Elle secoua la tête, puis se laissa distraire et l'entraîna dans une autre boutique où il attendit qu'elle ait fini de parcourir les allées, s'exclamant devant les jolis vêtements et les bibelots compliqués.

Il faisait preuve d'une patience à toute épreuve. Il mourait d'envie d'en avoir plus.

Il était presque deux heures de l'après-midi quand son estomac gronda assez fort pour qu'ils l'entendent tous les deux. Mandy jeta un coup d'œil à son poignet nu avant de saisir le sien pour vérifier sa montre.

Surprise, elle tressaillit avant de se tourner pour lui donner un léger coup de poing sur le bras.

— Tu es vraiment vilain. Pourquoi ne m'as-tu pas dit qu'il était si tard ? Tu dois être affamé.

— Nous avons petit-déjeuné tard, dit-il. Je suis un grand garçon. Je ne vais pas pleurer si je saute un repas.

Elle posa les yeux sur lui et son sourire se mua en quelque chose de bien plus proche de ce qu'il espérait.

— Tu *es* un grand garçon, confirma-t-elle.

Elle se rapprocha, se lécha les lèvres en se laissant aller contre lui, sa tête atteignant à peine le milieu de son torse.

— Tu aurais une idée d'un endroit agréable où aller ?

À l'appartement, au lit ?

Non. Patience. Mieux valait d'abord la nourrir, car une fois qu'il l'aurait mise au lit, il ne la laisserait pas se lever. Ils allaient avoir besoin de forces.

— Je connais l'endroit idéal.

Il se détacha d'elle à contrecœur, gardant une prise ferme sur ses doigts pour la guider dans la rue jusqu'au pub.

Mandy s'arrêta et bascula la tête en arrière pour regarder l'enseigne au-dessus de la vitrine.

— *Théâtre* des aurores boréales ?

— TAB est l'endroit branché de Chicken, lui promit-il.

Il lui fallut une seconde pour que ses yeux s'adaptent entre la lumière du jour à l'extérieur et l'éclairage plus faible de ce qui avait été un ancien vestibule de théâtre.

Mandy cligna des yeux, admirant, bouche bée, les objets majestueux qui décoraient les murs et le plafond peint, tandis que Justin la guidait vers le coin salon du bar, de mémoire. Il ne réfléchit pas à deux fois avant de l'attraper par les hanches et de la soulever à nouveau dans les airs, la déposant sur l'une des hautes chaises dorées devant le comptoir du bar.

Elle pencha la tête et lui lança un regard d'avertissement, mais comme elle ne disait rien, il s'installa, laissant reposer délicatement un bras le long du dossier de sa chaise.

Mandy se pencha en avant pour admirer le dessus du bar, qui était une plaque de verre posée sur une collection de souvenirs, lorsqu'une tête familière blond argenté surgit de derrière le comptoir comme un diable hors de sa boîte. La belle et jeune métamorphe s'appuya sur un coude et les regarda attentivement, son regard s'attardant sur Mandy avant de se tourner vers Justin.

— Regardez qui vient d'entrer dans mon bar à gin ! Un ours que je n'ai pas vu depuis quelques mois, et un autre visage familier où le mot « problèmes » est inscrit sur le front.

Nadia plaça deux menus devant Mandy et lui, puis dans un tourbillon, elle s'éloigna. Elle saisit d'une main experte un plateau chargé sur la petite ouverture derrière elle et le souleva au-dessus de sa tête.

Elle sortit de derrière le bar et se dirigea vers la table la plus proche comme un ouragan aux couleurs vives.

Le groupe d'hommes costauds qu'elle approchait se faisait de plus en plus bruyant, des cris de plainte cédant la place à des mouvements de bras et à des grognements purs et simples. Mais à l'arrivée de Nadia, au lieu d'être à deux doigts d'un bain de sang, ils se levèrent tous d'un bond. Ils attendirent poliment en silence que la petite blonde dépose leur repas avant de se rasseoir sur leurs chaises. Leur conversation bruyante était à présent maîtrisée, tandis qu'elle s'éloignait en virevoltant pour parler à d'autres clients.

Il ne s'était pas rendu compte qu'il regardait fixement jusqu'à ce qu'il sente qu'on tirait sur sa manche. Il se retourna et vit Mandy qui observait la trajectoire de Nadia à travers le bar avec la même fascination.

— Quel genre de métamorphe est-elle, et pourquoi me semble-t-elle familière ?

— Nadia est un lynx. Elle était à Whitehorse pendant le conclave des ours, à la piscine, je ne sais pas si tu te souviens.

— Oh ! dit-elle, et son visage se tordit au rappel des souvenirs malheureux que l'évocation de ce jour faisait remonter. Je crois que je l'ai vue, mais toute cette journée est un peu floue.

— C'est logique. Il s'est passé beaucoup de choses à ce moment-là.

Il réfléchit un peu plus longuement. Ce n'était pas étonnant que la lynx ne soit pas immédiatement reconnaissable : Mandy avait rapidement été placée dans la maison de la meute Takhini pendant que l'on s'occupait de son ex-mari violent.

— Ne t'inquiète pas, elle ne sera pas vexée que tu ne te souviennes pas d'elle.

Nadia se déplaça d'un pas décidé dans la pièce pendant un moment avant que Mandy ne reprenne la parole.

— Elle est douée pour son travail.

— C'est vrai, approuva Justin. Elle est propriétaire de l'établissement et c'est en quelque sorte le lieu de prédilection de la ville. Bien qu'elle ait quelques avantages dont nous ne bénéficions pas tous...

Mandy attendit avec impatience, mais Justin secoua la tête.

— Je t'expliquerai, mais nous devrions manger d'abord, insista-t-il.

Une autre serveuse prit leur commande, et leur repas arriva rapidement. Tout au long du repas, le regard de Mandy ne cessa de se promener dans la pièce, suivant Nadia.

Il s'attendait à ce qu'elle exige une réponse bien plus tôt qu'elle ne le fit, se tournant vers lui comme si elle avait partiellement résolu un mystère.

— Il y a quelque chose de plus dans cette histoire, n'est-ce pas ? En dehors du fait qu'elle possède ce bar.

— Qu'est-ce qui te fait dire ça ?

Mandy montra du doigt différents groupes de convives dans la salle.

— Ours. Loup. Carcajou. Renard. Et au moins trois autres métamorphes que je ne peux pas identifier sans me rapprocher. Mais il n'y a pas de grognement ni de tentatives d'intimidation. En fait, le plus étrange, c'est qu'ils agissent tous comme s'ils s'appréciaient vraiment, et non comme s'ils se supportaient à peine.

Il était sacrément fier qu'elle ait compris.

— Tu es maligne. Nadia est une Omega. Une spéciale.

C'était suffisant pour le moment ; il régla la note et escorta Mandy jusqu'à la porte. Elle était toujours distraite, observant la lynx par-dessus son épaule alors qu'ils partaient.

À en juger par son expression, elle réfléchissait intensément. Justin resta donc très vigilant tandis qu'il les conduisait vers leur destination. Son cœur bondit lorsqu'elle glissa ses doigts autour de son bras et se blottit contre lui comme si elle y était à sa place.

Ce qui était tout à fait le cas... en ce qui le concernait.

Finalement, même le plaisir qu'il éprouvait à la voir agir inconsciemment fut balayé par sa curiosité.

— Qu'est-ce qui te préoccupe, ma belle ?

— Nadia. TAB. C'est un vaste endroit pour qu'elle le dirige, et pourtant tu as dit qu'elle s'en sortait bien. Je suis impressionnée : elle n'a pas l'air d'être assez robuste pour faire face à des métamorphes à la tête dure.

— La taille d'une personne ne conditionne pas ses compétences, souligna Justin. Je ne te juge pas sur le fait que tu pourrais tenir dans ma poche. De plus, comme je te l'ai dit... C'est une Omega. Cela n'enlève rien à ses compétences en matière de gestion d'une entreprise rentable, mais cela permet d'éviter que sa clientèle ne la mette à feu et à sang.

— Je n'ai pas vu un seul lynx là-dedans, alors je ne vois pas à quoi lui sert le fait d'être une Omega, protesta Mandy.

— Pour une raison inconnue, la magie d'Omega qui rend les gens heureux et les aide à se calmer après une crise émotionnelle ne fonctionne pas seulement sur son espèce, mais sur tous les métamorphes.

Mandy s'arrêta brusquement au milieu de la rue.

— Ce n'est pas possible. Les Omegas ne peuvent contrôler que leur propre espèce.

— C'est vrai, ce n'est pas possible, acquiesça-t-il, l'attirant avec lui en sécurité de l'autre côté de la rue. Mais c'est quand même vrai.

Elle secoua la tête.

— Je n'ai jamais entendu parler d'une telle chose, mais je suppose que cela explique pourquoi elle s'est présentée lorsque les choses ont dégénéré au conclave des ours.

— Ce sont les loups qui ont arrangé ça. Plus précisément, la femme de Tyler, si je me souviens bien.

Mandy laissa échapper un petit rire.

— Caroline ?

— Oui.

La jeune femme se pencha vers lui et parla doucement, comme s'ils partageaient un secret.

— C'est une humaine effrayante. Je veux dire, je l'aime bien, et elle s'est montrée très gentille avec moi, mais je préférerais me mettre à dos un carcajou métamorphe plutôt que de l'énerver.

— Je suis pareil.

Justin repoussa une mèche de cheveux derrière l'oreille de Mandy, avide de la toucher, se servant de l'unique petit geste qu'il pouvait faire à ce moment-là.

Revendique-la.

Il ne pouvait même pas rejeter la faute sur son ours. Ils voulaient tous les deux la même chose. Pas seulement son corps, mais elle tout entière, et cette pensée renforçait son impatience tout en lui rappelant pourquoi ils devaient aller lentement.

C'est moi qui décide du rythme, avait-elle dit.

Le moment s'étira entre eux ; le sourire de Mandy s'adoucit tandis que son regard dérivait sur lui. Il aurait juré avoir lu la faim dans ses yeux, et il était sur le point d'éclater et de dire quelque chose d'inapproprié lorsqu'elle se recula.

Elle écarta les jambes et planta ses poings sur ses hanches, l'air fougueux et indigné.

— Je te ferais dire que je ne suis pas si minuscule que ça, dit-elle en se redressant de toute sa hauteur, ce qui signifiait qu'il baissait les yeux sur le sommet de sa tête. Je tiens dans ta poche, *ah* !

— Oh, je suis désolé. Je me suis trompé. Tu es une véritable Amazone.

— Tu m'étonnes ! répliqua Mandy avec un sourire, avant de lui prendre la main et de marcher d'un pas déterminé à ses côtés. Et ne t'avise pas de l'oublier.

— Promis.

Justin les arrêta devant leur destination, Wolf Brothers Wild Adventures, ouvrit la porte et lui fit signe d'entrer.

Il marqua une pause avant de la suivre. Il jeta un dernier coup d'œil dans la rue, ne sachant pas ce qui l'avait fait hésiter, mais rien ne semblait anormal. Quelques personnes déambulaient sur la promenade, mais tout était calme, et il entra lentement dans la boutique. Le sentiment d'inquiétude était comme un nuage de brume qui s'attardait. Indéterminé et flou.

7

——————

La joie et la frustration se mélangeaient dans les tripes de Mandy.

Justin s'était montré attentif, lui laissant l'espace qu'elle avait demandé. Elle n'avait absolument pas à se plaindre de son comportement.

Alors pourquoi se sentait-elle toute chamboulée à l'intérieur ?

Une partie de sa confusion semblait logique. Elle n'avait trouvé aucune réponse à sa situation familiale. Son email était resté sans réponse, et jusqu'à ce que sa famille sur l'île prenne contact avec elle, elle avait les mains liées. Sans compter que quelqu'un s'était introduit chez elle, et qu'elle ne savait toujours pas de qui il s'agissait.

Mais les bons côtés étaient *vraiment bons*, et, alors qu'elle jetait un coup d'œil au magasin d'équipement de plein air, un chaud frisson d'anticipation balaya toutes ses inquiétudes.

Le métamorphe qui les accueillit était un bel homme aux cheveux noirs et au menton couvert de poils.

— Bonjour ! Je suis Caden, je vous attendais. Tout est

prévu. Casque de sécurité, équipement d'hiver. Si vous avez besoin d'autres tailles, nous les avons à l'arrière. Venez avec moi.

Justin hocha la tête en signe d'approbation, attrapa leurs deux piles de matériel sur le comptoir et la suivit dans l'arrière-boutique. Il y avait là une rangée de casiers où ils pouvaient ranger leurs affaires. Sur le mur opposé, les portes de la boutique avaient été ouvertes, deux immenses portes de garage qui laissaient entrer l'air frais et offraient une vue imprenable sur le paysage.

Mandy enfila sa combinaison de neige, mais son regard ne cessait de se poser sur l'horizon. Elle n'arrivait pas à s'empêcher de sourire.

— Je suppose que nous allons sortir sur cette belle crête enneigée.

— Il nous reste beaucoup de temps avant le coucher du soleil. Caden sera notre guide. Lui et son frère Cole sont deux des meilleurs spécialistes de l'arrière-pays que je connaisse, déclara Justin.

— Compliment que j'accepte volontiers, le taquina Caden. Mais je vais quand même te facturer le prix fort. Ton patron peut se le permettre.

Justin laissa échapper un bruit grossier.

— Mon patron te possède, et tu le sais.

— Absolument pas.

Cette affirmation émanait d'un visage identique à celui de Caden, alors que le second loup entrait dans la pièce.

— C'est la compagne de Caden qui le possède. Le reste d'entre nous ne fait que l'emprunter pour pouvoir s'en servir de temps en temps.

Les frères se tapèrent sur les épaules avec bonhomie avant de se tourner vers Justin et Mandy pour les aider à enfiler le reste de leur équipement d'hiver.

Une fois tous les quatre habillés, ils se rendirent dans la cour derrière le magasin où étaient alignées des rangées entières de motoneiges. Trois machines avaient été mises à leur disposition, deux grandes et une plus petite. Bien que l'utilisation de ces mots pour décrire les traîneaux ait été un euphémisme, les termes « énorme » et « extralarge » étaient sans doute les plus appropriés.

Maintenant qu'ils étaient là, Mandy ressentait une certaine anxiété à l'idée de ce qu'elle s'apprêtait à faire.

Caden se pencha pour la regarder dans les yeux.

— Qu'est-ce qui ne va pas ?

Elle répondit honnêtement.

— J'aime l'idée de faire de la motoneige, mais je suppose que ce sont des machines assez puissantes.

C'était trop difficile pour elle d'admettre qu'elle n'était pas sûre de pouvoir les contrôler. Cela lui faisait bien trop penser au commentaire de Justin sur le fait qu'elle était minuscule.

Mais Caden lui tapota l'épaule.

— Tu peux contrôler de grandes et puissantes bêtes mieux que tu ne le penses.

Un ricanement se fit entendre, et elle jeta un coup d'œil à sa droite, à Justin qui foudroyait Cole du regard. Elle détourna rapidement le visage, dissimulant son sourire pour que Justin ne puisse pas le voir.

Caden expliqua où se trouvaient les commandes, Mandy acquiesça en posant ses mains sur les poignées et en essayant de les mémoriser.

— Pardonne-moi si je conduis comme une enfant de deux ans.

— Non, tu t'en sortiras très bien. Nous avons une méthode d'entraînement spéciale, à condition que Justin et toi soyez d'accord.

Le loup se tourna vers l'ours qui venait de s'installer sur l'une des motoneiges surdimensionnées.

— Je sais que vous ne faites pas dans les compagnons et tout ça, mais je ne veux pas me mettre à dos un ours en colère. Tu es d'accord pour que je monte avec Mandy pour la première fois afin de lui apprendre les rudiments ?

Le front de Justin se plissa aussitôt, puis son regard fit des allers-retours entre le loup et Mandy avant qu'il ne réponde.

— C'est à Mandy de décider.

Une pointe de satisfaction la réchauffa intérieurement. Ce n'était pas ce qu'il avait voulu dire, elle le savait, mais c'était la bonne réponse.

C'était également idiot. Elle se tourna vers le loup, haussant un sourcil.

— Vu que ta compagne t'arracherait les oreilles si tu faisais quoi que ce soit de fâcheux, bien sûr que je suis d'accord.

Cole ricana à nouveau. Justin parut mal à l'aise pendant un moment, comme s'il venait de réaliser à quel point son geste magnanime était insensé.

Caden s'installa derrière elle en riant, son long corps de loup se blottissant contre elle tandis qu'il plaçait ses mains sur les commandes, au-dessus des siennes.

— Bien joué, *my lady*, murmura-t-il. Nous allons faire en sorte que tu te sentes à l'aise pour conduire, d'accord ?

Elle bougea les mains avec les siennes alors qu'il lui rappelait tranquillement les commandes une seconde avant de faire le mouvement. En un instant, ils franchirent le portail et remontèrent la route enneigée jusqu'à un sentier derrière le magasin, qui menait à la périphérie de la ville et à la nature sauvage.

Au début, Mandy devait tellement se concentrer sur la

conduite qu'elle était à peine consciente de ce qui l'entourait. Elle n'avait pratiquement conscience de *rien d'autre* que des commandes et des instructions continues de Caden.

Lentement, cependant, d'autres sensations firent leur apparition. L'air frais se mua en froid à mesure que la motoneige avançait, le vent s'engouffrant sur ses joues comme celui d'un jour d'hiver. Le soleil sur ses épaules luttait vaillamment pour lui procurer un semblant de chaleur, mais les changements de saison étaient plus avancés ici dans le nord qu'à Whitehorse. La lumière brillante était belle, mais elle ne pouvait rien contre le froid qui s'installait.

Elle se sentait plus confiante lorsque Caden lui demanda de les arrêter à un point de vue au-dessus de la ville. Les rues soigneusement tracées se détachaient en couleurs vives sur la blancheur des environs, l'autoroute *Top of the World* s'étirant comme un ruban du nord au sud.

Caden arrêta le moteur. Dans le silence soudain qui s'installa lorsque les autres se joignirent à eux, ses oreilles résonnèrent pendant une seconde avant de s'adapter aux sons plus calmes de la nature. Dans la nature, il y avait toujours des choses vivantes et en mouvement.

Même le vent était vivant alors qu'ils se mettaient debout et s'imprégnaient de tout cela pendant un moment.

Soudain, Cole se déshabilla.

— Désolé, les gars, mais j'ai besoin de passer un peu de temps dans ma fourrure. Vous pouvez vous joindre à moi, ou je me contenterai de courir avec vous à partir de maintenant.

Mandy était tentée, mais elle ignorait quel était le protocole. Elle jeta un coup d'œil à Justin pour voir ce qu'il en pensait.

Il haussa les épaules.

— Faisons-le. Nous sommes deux, et ils sont deux loups. Je suis presque sûr qu'on peut les distancer.

Caden tira la langue tout en jetant ses vêtements dans le sac à l'arrière de sa motoneige.

— Tu as une sorte de fascination pour mes fesses, dit-il. Je ne crois pas que ce soit sain.

Mandy dissimula son amusement. Par égard pour les instincts possessifs de Justin, elle tourna le dos aux autres pour se déshabiller rapidement et passer à la fourrure.

La sensation était incroyable, comme toujours, alors qu'elle adoptait la seule partie de sa nature qu'elle n'avait jamais combattue ou avec laquelle elle ne s'était jamais disputée. Son ourse était *elle*, tout en étant quelque chose de plus. Plus à l'écoute de son environnement, plus désireuse de prendre le contrôle.

Elle s'étira comme un chat, prit une grande inspiration et leva son visage vers le soleil.

Justin s'était lui aussi transformé ; c'était un énorme grizzly d'une grandeur extrême, comme elle était d'une petitesse extrême. Il se laissa tomber devant elle, posa son menton sur ses pattes et poussa un grognement d'ours.

— Waouh, tu es... *toi*. Waouh.

Caden marqua un temps d'arrêt, ses pieds nus plantés dans la neige à côté d'elle. Il semblait oublier qu'il était totalement nu, restant dans sa forme humaine en fixant Mandy.

— Je n'en avais aucune idée. Excuse-moi pendant que je défaille. Je n'avais jamais vu un métamorphe comme toi auparavant.

Justin roula juste assez loin pour heurter les chevilles de Caden et l'envoyer s'étaler par terre.

L'homme éclata d'un rire joyeux.

— D'accord, d'accord. Je vais arrêter de te reluquer, mais ça ne veut pas dire que je ne suis pas impressionné.

Un malaise s'installa un instant, et une fois de plus, elle reporta son attention sur Justin, espérant trouver un indice sur la façon de gérer l'admiration inattendue de Caden.

Il avait roulé sur le dos et se grattait joyeusement sur le sol, sans se soucier de la dignité de sa position.

Parfait. Mandy suivit son exemple, roulant sur le sol, se tortillant fermement contre la neige durcie. La sensation était délicieuse ; elle se trémoussa un peu plus.

Elle se sentit seulement un peu coupable de ne pas avoir bien chronométré sa roulade lorsqu'elle heurta les pieds de Caden et que le loup se retrouva à nouveau sur le dos.

Il leva une main en l'air.

— Ça suffit, vous deux. J'abandonne.

Il se transforma sur place, lui et son frère en grands loups arctiques au pelage noir marqué de blanc. Caden avait un museau noir, celui de Cole était blanc.

Ils échangèrent tous les quatre un regard avant que Cole ne rejette la tête en arrière et ne laisse échapper un hurlement de bonheur. Tel un coup de départ, son cri déclencha un mouvement, Caden se détachant sur la droite, Mandy suivant Justin sur la gauche.

Ils coururent. La neige sous leurs pieds tremblait, résonnant de bruits sourds tandis qu'ils se dirigeaient sur les collines à la manière du vent, dérivant dans une direction avant de suivre les contours de la terre dans une autre jusqu'à ce que le sang de Mandy batte la chamade et qu'elle se sente plus vivante qu'elle ne l'avait été depuis bien longtemps.

Ils s'arrêtaient souvent, quelques secondes, pour contempler la vallée suivante ou la ville. C'était merveilleux et excitant, et elle n'aurait jamais voulu s'arrêter de courir, même si elle était impatiente de retourner à la motoneige pour essayer de la conduire vraiment elle-même.

Cette nouvelle expérience agissait comme une drogue sur ses sens, la joie de se trouver là grimpait en flèche. Elle était ravie que Justin soit là, qu'ils soient libres d'en profiter ensemble.

Le ciel se para des couleurs du coucher de soleil, tandis que le jour déclinant de l'hémisphère nord glissait vers la nuit. Le soleil s'enfonça lentement derrière la chaîne de montagnes de l'ouest. Des touches de rouge et d'or peignaient les collines telles les stries du pinceau d'artiste sauvage.

Elle remarqua deux autres motoneiges qui quittaient la ville, suivant les traces qu'ils avaient laissées récemment dans les montagnes. Sans doute d'autres clients, même s'il semblait un peu tard pour commencer une excursion. Elle n'y pensa plus jusqu'à ce que les loups s'en aillent sans un mot de plus, s'éloignant à toute allure et les laissant, elle et Justin, derrière eux.

Elle regarda à nouveau, et cette fois une pointe de peur la saisit lorsqu'elle se rendit compte que les nouveaux engins se trouvaient sur un chemin qui les mènerait directement à l'endroit où Justin et elle se trouvaient.

La communication en tant qu'ours était bien plus basique, mais Justin lui fit comprendre que quelque chose n'allait pas lorsqu'il se tourna vers elle, se rapprochant d'elle dans un geste protecteur. Il la poussa vers les nouvelles traces laissées par les loups : contrairement à ce qu'ils avaient fait auparavant, Caden et Cole avaient pris un raccourci pour retourner aux motoneiges. Le chemin les faisait dévaler une colline abrupte pour la dernière partie du trajet.

Mandy s'arrêta au bord et baissa les yeux, prudente, sans bouger les pieds. Au bas de la colline, les loups s'étaient transformés et avaient sauté sur les motoneiges. Faisant rugir les moteurs, ils filèrent à la poursuite des intrus sans prendre la peine de s'habiller.

Ce fut tout ce qu'elle eut le temps de voir avant que Justin ne l'attrape par-derrière, l'entourant de ses bras pour ensuite s'élancer dans les airs. Elle en eut le souffle coupé.

Il pivota en plein vol pour atterrir sur le dos, les pattes de la jeune femme reposant sur ses épaules, se servant de lui comme d'un gigantesque traîneau en fourrure. Ils filaient de plus en plus vite, la neige s'envolant en larges vagues de part et d'autre.

Quelque chose n'allait pas, c'était certain, mais elle n'était pas inquiète. Elle aurait dû l'être, mais le voyage était bien trop exaltant et excitant, et elle faisait implicitement confiance à Justin pour les ramener en sécurité.

Ils n'avaient même pas encore achevé leur glissade au bas de la colline que Justin se transformait. Elle lui emboîta le pas, reprenant son apparence humaine pendant qu'il parlait.

— On prend ma motoneige. Enfile tes vêtements, puis reste avec moi. Nous allons laisser Caden et Cole s'occuper de nos visiteurs.

Ils coururent sur la courte distance qui les séparait de leurs affaires étalées par terre. Cole avait dû les pousser du siège où elle les avait laissés avant de partir en trombe. Mandy se rhabilla aussi vite que possible, mais elle fut quand même la dernière à être prête. Elle passa une jambe par-dessus l'arrière de la motoneige et enroula ses mains autour de la taille de Justin. Le bourdonnement des moteurs des loups s'estompait déjà, les engins disparaissant sur une colline lointaine alors qu'ils se lançaient à la poursuite des intrus.

— Accroche-toi bien, ordonna Justin une fraction de seconde avant qu'ils ne décollent dans un nuage de neige.

~

IMBÉCILE. *Foutu imbécile.*

C'était parfaitement stupide de sa part d'avoir baissé sa garde comme ça, et Justin se mit mentalement un coup de pied aux fesses pendant tout le trajet de retour en ville.

Même si les loups poursuivaient leurs mystérieux poursuivants dans la nature, Justin n'allait pas prendre plus de risques. Au lieu de retourner directement à la cour de la boutique, il prit un autre chemin, s'engouffrant dans des ruelles en lacets jusqu'à atteindre le parking souterrain de la planque. Il actionna l'interrupteur principal de son trousseau et la porte s'ouvrit instantanément, lui permettant d'entrer directement. Un instant plus tard, il avait tout fermé, et Mandy se précipitait à ses côtés vers les escaliers.

Ce ne fut qu'une fois de retour dans l'appartement, avec le système de sécurité enclenché, qu'il commença à se détendre. Leur petite aventure ne s'était pas déroulée comme il l'avait prévu. Même chose pour la journée de détente dans la neige.

— Nous sommes en sécurité maintenant, dit Justin à Mandy en la guidant dans le couloir jusqu'à la salle de bains. Déshabille-toi, lui ordonna-t-il. Je reviens tout de suite.

Il se précipita dans la cuisine et remplit la bouilloire, la brancha et la régla pour qu'elle s'éteigne automatiquement une fois que l'eau serait chaude. Il se hâta de revenir pour s'assurer que Mandy s'était bien glissée sous une douche brûlante.

Il entra et la vit debout, les doigts tremblants, écartant son t-shirt mouillé de son corps.

Elle leva le nez ; ses yeux sombres ressemblaient à deux puits profonds lorsqu'elle croisa son regard.

— Je suis désolée, j'ai bien l'impression d'avoir coincé la fermeture éclair de mon pantalon. Nous étions très pressés, et maintenant je n'arrive pas à la faire bouger, et...

Ses dents se mirent à claquer si fort qu'il ne comprit pas la suite de ce qu'elle disait.

Justin se mit à genoux, secouant la fermeture éclair pour essayer de la déloger de l'endroit où le tissu était coincé entre les dents de métal, mais en vain.

— Tu l'as bloquée de manière irrémédiable. Félicitations.

— J-je suis t-t-trop f-forte, bafouilla Mandy.

Justin souleva le bord de son t-shirt et le fit passer par-dessus sa tête pour la dénuder à partir de la taille.

— Donne-moi une seconde, et je te libère.

Il attrapa les deux côtés de la fermeture. D'un coup sec, il la sépara complètement, puis il lui retira le vêtement mouillé. Elle se retrouva ainsi nue devant lui.

Sa peau était alléchante, savoureuse, et il n'avait qu'une envie, c'était d'en faire l'expérience une nouvelle fois.

Il était toujours à genoux devant elle, et elle saisit à deux mains le devant de son t-shirt.

— Oh, regarde ! Il semblerait que je sois nue, et tu vas l'être aussi, le prévint Mandy.

Elle ne lui laissa pas le temps de protester. Comme s'il allait le faire... Il n'était pas un ours stupide sur tous les sujets.

Mandy écarta brusquement les mains et ses boutons

volèrent. Elle arracha le tissu de ses épaules et de ses bras avant que les petits morceaux de plastique n'aient fini de s'entrechoquer sur le sol.

Ils se relevèrent au même moment. Mandy était déjà en train de s'occuper de son pantalon, et ses mains avaient beau être froides, c'était le paradis contre sa peau.

Mais lorsqu'elle enroula ses doigts autour de son érection naissante, Justin jura.

— Tes mains sont glacées, se plaignit-il.

Elle lui procura une nouvelle bouffée de plaisir/douleur en le caressant fermement à plusieurs reprises.

— Je sais qu'elles sont froides. C'est pourquoi j'ai besoin de les réchauffer avec ce qu'il y a de plus chaud.

Mandy se mit à fredonner joyeusement. Elle regardait ses doigts avec un sourire sensuel.

— Je ne sais pas si j'ai déjà vu une chaufferette à deux mains.

Justin riait encore lorsqu'il la souleva et les mit sous la douche, l'eau chaude lui faisant un bien fou après le froid intense de la motoneige. Sa peau le picotait partout, mais c'étaient les mains de Mandy qui étaient les plus chaudes lorsqu'elles le savonnaient.

— Ce n'est pas normal, se plaignit-il. Tu n'as pas à faire tout le travail.

Mandy se tourna devant lui, ses courbes pleines l'attirant comme un phare.

Elle saisit un autre pain de savon et l'ouvrit pour lui, le posant dans ses mains.

— Tiens. Je ne veux pas que tu te sentes exclu.

Justin était aux anges. Ses courbes douces s'inclinaient et s'élevaient sous ses mains. Il les passa sur elle, le savon parfumé faisant disparaître les frottements, mais la chaleur et les sensations érotiques demeuraient.

Elle continuait de le toucher aussi. Et même si son cœur avait fonctionné à plein régime cet après-midi-là, cela n'avait rien à voir avec la course qui agitait sa poitrine à cet instant précis. Elle enroula à nouveau le bout de ses doigts autour de son érection, qu'elle caressa un instant avant que ses mains ne glissent sur ses hanches et le long des muscles de son torse.

— Je pense que Chicken est une très chouette ville, mais si nous devons bouger à nouveau, je pencherais pour une île tropicale, s'il te plaît.

Justin rit tout en laissant ses mains parcourir les courbes de Mandy.

— Étrange changement de sujet. Tu en as assez du froid ?

Elle secoua la tête.

— Oh, il fait plutôt chaud ici, mais si nous allons dans une région tropicale, peut-être que nous pourrions trouver un endroit où les vêtements sont *facultatifs*. Je ne verrais pas d'inconvénient à te regarder toute la journée.

C'était délicat, mais à moins qu'il ne s'agisse d'une plage privée, cela signifiait que d'autres personnes pourraient la voir aussi, et il n'aimait vraiment pas cette idée.

— Île tropicale. Tu devrais l'ajouter à ta liste.

Les yeux de Mandy s'illuminèrent.

— Oh, oui ! En parlant de ma liste...

Justin retint un cri lorsqu'elle tomba à genoux. Il tenta de la rattraper, mais elle lui glissa entre les doigts. Elle n'était pas tombée. C'était délibéré, et une seconde plus tard, il comprit. Ce qu'elle avait l'intention de faire. Levant les yeux vers lui, elle plaqua ses mains sur ses cuisses et lui offrit un doux sourire.

— Tu n'as pas besoin de faire ça.

Mandy fit semblant de bouder.

— C'est mon choix, lui rappela-t-elle.

Eh bien, dit de cette manière... Qui était-il pour lui refuser ce qu'elle désirait ?

Il était partagé entre un bref hochement de tête, ou un commentaire ironique. Histoire de détendre l'atmosphère et d'éviter d'en faire quelque chose de grand et d'important.

Il ouvrit la bouche, mais il n'en sortit qu'un gémissement.

Mandy avait renoncé à toute forme de préliminaires, se lançant directement dans une action en deux temps. D'abord en le saisissant à la base de son sexe et en l'inclinant vers le bas, puis en ouvrant sa bouche pour l'entourer.

Il était sous la douche, il était donc chaud et mouillé, mais ça... ?

Ce n'était pas la même chose. Ce n'était pas *du tout* la même chose.

— Bordel de merde...

Mandy se retira avec un petit « pop » pour accompagner le mouvement.

— Oui ? Est-ce que je m'y prends bien ?

— Il n'y a pas moyen de faire ça mal, lui dit-il. Fais-moi confiance.

Mandy sourit.

— D'accord, laisse-moi reformuler. Est-il possible de faire *mieux* ?

Il lui caressa la joue du dos de la main.

— Tu es du genre élève modèle, n'est-ce pas ?

— Tout ce qui vaut la peine d'être fait vaut la peine d'être bien fait.

Il sourit à son tour. Plaçant sa main sur celle de Mandy, il ajusta l'angle.

— Presse avec cette main si tu veux, de haut en bas. Ton

poing te permettra d'empêcher mon membre d'aller trop loin. Et ici…, dit-il en lui prenant l'autre main, passant le doigt de la jeune femme sur la partie la plus sensible. Souviens-toi de cet endroit. Si tu te sers de tes doigts ou de ta langue ici, crois-moi, tu obtiendras la réaction que tu cherches.

— Je m'en souviendrai, lui promit-elle. Fais-moi plaisir et fais beaucoup de bruit quand je fais quelque chose que tu aimes.

Voilà pourquoi Justin se sentit un peu ridicule alors qu'il suivait volontiers ses instructions.

Elle le lécha délicatement, et il ronronna.

Elle referma ses lèvres autour de lui et le suça, et le ronronnement se mua en un grognement sourd. Mais lorsqu'elle se mit à jouer avec son poing, essayant de synchroniser chaque caresse avec une combinaison de succion et de rotation de la langue, Justin perdit tous ses moyens et se mit à grogner à pleins poumons.

Il abattit ses paumes sur le carrelage en face de lui, basculant ses hanches à chaque mouvement pour l'encourager.

— Juste là. Fort, Mandy, juste là…

C'était comme s'il était aux premières loges du spectacle pornographique le plus grandiose qui fût, d'autant plus qu'il ne faisait pas que regarder, mais qu'il vivait une surcharge sensorielle en technicolor, avec tous les effets spéciaux possibles en plus. Si un tel manège était installé dans un parc d'attractions, les promoteurs seraient multimilliardaires avant la fin du premier mois.

Elle levait les yeux vers lui, les cils battant pour faire tomber l'eau qui l'embrumait légèrement, et il décala ses épaules pour la protéger davantage. Cette position l'amena à lui agripper les fesses d'une main et à le caresser de l'autre.

Il aurait pu jurer que les décorations de la salle de bains avaient changé, passant du bleu et du blanc à des objets tourbillonnants et à des comètes mauves filant dans le ciel.

— Je vais jouir, la prévint-il, mais elle se contenta de faire un son approbateur avant d'immobiliser sa main tout en recommençant cette combinaison de coup de langue et de succion.

Les comètes explosèrent. Les fusées décollèrent, et il eut l'impression que tout le programme spatial et le feu d'artifice du 4 juillet traversaient le bout de son membre.

Mandy déglutit plusieurs fois avant de se retirer, sa main se déplaçant sur lui trop doucement pour l'aider à finir. Il couvrit ses doigts avec les siens pour expulser le reste de sa réponse, sa semence se répandant sur sa joue et sur ses seins.

Ce qui le remit dans tous ses états.

Sa tête tournait, et la seule chose dont il était parfaitement conscient, c'était qu'ils étaient loin d'en avoir terminé. Justin tendit la main vers elle et se prépara à lui faire perdre la tête.

8

———————

Mandy s'assit sur ses talons pour respirer profondément et... eh bien, honnêtement ? Jubiler.

Oubliant qu'elle avait rayé un point de sa liste, elle avait profondément savouré sa réaction. Et pour couronner le tout, il semblait qu'en dépit de tous ses efforts, Justin était loin d'avoir terminé.

Ce qui, bien sûr , constituait un charmant effet secondaire du fait d'être des métamorphes.

Cela ne la gêna pas du tout lorsqu'il l'entoura de ses mains et la fit se lever. Il ne s'arrêta qu'une seconde avant de la soulever plus haut et de la draper sur son corps. Le jet de la douche frappa sa peau de minuscules aiguilles dansantes d'une brume fine et chaude, les picotements contrastant délicieusement avec la chaleur douce de sa langue qui léchait, taquinait et embrassait.

— Je ne peux pas m'arrêter.

Il avait grogné ces mots avec frénésie, et elle se hâta de le rassurer en lui disant qu'elle n'aurait voulu être nulle part ailleurs.

— Je suis bien ici, lui promit-elle.

Il parut satisfait de sa réponse. Il mordilla le bord de son sein avant de l'embrasser tendrement.

— Tellement magnifique. Si courageuse.

Mandy laissa échapper son bonheur dans un long soupir de satisfaction.

— On m'a déjà dit que j'étais belle, mais honnêtement, cela a tellement plus de sens lorsqu'il ne s'agit pas seulement de quelque chose de superficiel.

Elle lui lâcha les épaules : elle lui faisait confiance pour la maintenir en place. Elle appuya ses paumes sur son visage et laissa éclater son bonheur.

— Merci de dire que je suis courageuse.

— Ce ne sont pas que des mots, lui dit-il, frottant affectueusement leurs nez l'un contre l'autre. Tout ce que tu fais montre à quel point tu es courageuse.

— Il n'en a pas toujours été ainsi, déclara-t-elle.

Il la serra contre lui, leur élan frénétique et passionné se muant en quelque chose de différent.

— Ça a toujours été là pour ceux qui savaient voir. Tu ne te contentes plus d'être courageuse pour les autres. Maintenant, tu es courageuse pour toi.

Le cœur de Mandy se gonfla. Si elle n'y prenait garde, elle allait admettre qu'elle était en train de tomber...

Non. Elle n'était pas prête à l'admettre.

— Encore une fois, merci.

Elle colla leurs lèvres ensemble et l'embrassa, d'abord doucement, puis avec une intensité croissante jusqu'à ce qu'il se remette à produire certains des bruits enivrants qu'elle lui avait arrachés un peu plus tôt.

Elle pensait qu'il allait ralentir et les ramener dans la chambre, mais cette idée s'évanouit rapidement lorsqu'il plaqua ses épaules contre la paroi de la douche, que leurs lèvres se rencontrèrent et que ses jambes s'enroulèrent autour de son corps robuste.

Les doigts de Justin glissèrent sur son ventre et entre ses jambes, et elle produisit un bruit à son tour lorsqu'il caressa son sexe. Encore et encore, ses doigts glissant à peine à l'intérieur, puis à l'extérieur, puis sur son clitoris jusqu'à ce qu'elle désespère d'être remplie.

Il ajusta sa position jusqu'à ce que la tête épaisse de son membre s'enfonce en elle, et ils émirent tous deux des bruits lorsqu'il la pénétra, leur satisfaction et leur plaisir se répercutant sur les parois de la douche. Son timbre plus aigu et son profond complément se mélangeaient et tourbillonnaient dans les confins de la cabine. Elle gémit, et leurs bruits de plaisir se mêlèrent pour former des sons musicaux qui se répercutèrent sur sa peau en une véritable séduction auditive.

Un rythme saccadé se joignit au chœur tandis qu'il se retirait, puis s'enfonçait à nouveau. Encore et encore, leurs corps se heurtaient, tandis que la pulsation rapide se répercutait sur les murs.

— Oh, Justin…

La respiration de Mandy s'accéléra, ses doigts s'enfoncèrent dans les épaules de Justin tandis qu'il pressait ses hanches contre les siennes, son sexe s'enfonçant dans son ouverture, affolant ses sens. Ils étaient tous deux essoufflés. Il haleta en posant son front sur le carrelage à côté d'elle. Son souffle était chaud contre la peau de Mandy.

Quelque part dans le passé, elle avait vécu une existence pleine de douleur et d'incertitude. Elle avait été captive d'une manière que son âme de métamorphe n'aurait jamais dû connaître, mais ici et maintenant, tout cela disparaissait, s'évanouissant dans un brouillard qui ne faisait plus partie de sa vie. Ou du moins, il ne faisait plus partie de son futur.

C'était sa nouvelle vie. On lui accordait du plaisir jusqu'à ce qu'elle soit prête à exploser. Pas de retraite possible, pas d'évasion, mais elle ne voulait pas d'issue.

Elle avait *besoin*.

De toutes les fibres de son être, elle avait besoin, pas seulement de sexe, mais de l'attention implicite dans chacune de ses caresses.

Comme s'il sentait qu'elle était partie dans un terrier de souvenirs et d'introspection, Justin ralentit. Ses mains posées sur ses hanches la portaient avec précaution. Il passa de coups de boutoir comme s'il les soudait l'un à l'autre à de longs mouvements lents et silencieux qui le séparèrent presque de son corps avant de les relier un centimètre à la fois. Pour finir par une unicité totale.

Encore.

Et encore.

Le plaisir l'envahit lentement.

Ses sens la picotaient.

Elle eut le souffle coupé lorsqu'il leva son regard vers le sien et se glissa... jusqu'au... bout...

Et s'arrêta.

Il posa son front contre celui de Mandy.

— Je rêve de ça depuis une putain d'éternité... excuse mon langage.

À l'intérieur, une bulle se déploya, s'élevant jusqu'à elle et lui tordant les lèvres. Le bonheur la submergea jusqu'à ce qu'en dépit de l'urgence qui palpitait entre eux, en dépit du besoin qu'elle eût d'en finir ensemble, en dépit de son sexe enfoui dans son corps...

Un rire lui échappa brusquement.

Ses yeux s'écarquillèrent pendant la seconde où elle le

regarda avant qu'elle n'attrape son visage dans ses mains et ne plaque à nouveau leurs bouches l'une contre l'autre. Leurs lèvres se mêlèrent tandis qu'elle resserrait ses jambes, plantant ses talons dans ses fesses. Elle contracta son ventre autour de son érection. Elle savoura la sensation de plénitude lorsqu'il grogna dans sa bouche et changea de position, s'enfonçant encore plus profondément.

Une demi-douzaine de coups de reins suivirent, puis six autres encore. Chacun d'entre eux était délibéré, comme s'il frottait un archet sur les cordes d'un Stradivarius. Le corps de Mandy réagit, s'élevant rapidement vers la jouissance. Elle plana une seconde avant de basculer par-dessus le bord et d'être envahie d'une extase blanche et lumineuse.

Leurs respirations se mêlèrent tandis qu'il jurait, capturant ses lèvres une seconde plus tard pour avaler son gémissement. Les doigts qui caressaient ses fesses se détendirent tandis que son sexe s'agrippait à sa hampe dans une dernière impulsion désespérée.

Le temps s'écoula lentement pendant qu'ils reprennent leurs esprits. L'eau était encore chaude tandis qu'elle tombait en cascade sur eux, mais un délicieux sentiment de détente et de satisfaction avait remplacé toute inquiétude.

Et le froid ?

Vaincu apparemment pour toujours.

Mandy glissa les doigts dans les cheveux de Justin et les tira doucement pour qu'il la regarde.

— Alors... Nous avons eu des visiteurs ?

La culpabilité et la consternation survinrent bien trop vite, traçant une ligne entre ses sourcils.

— Je suis un garde du corps merdique.

Elle secoua la tête.

— Ce n'est pas ce que *mon* corps dit actuellement. Il chante tes louanges à tue-tête.

Un sourire échappa à Justin avant que son expression ne redevienne sérieuse.

— Nous avons eu des visiteurs.

— Mais nous sommes en sécurité ? Ici, dans l'appartement ?

Il acquiesça, même s'il semblait toujours gêné.

Elle haussa un sourcil.

— Alors, en ce qui me concerne, tu as fait ton travail, même si j'espère que je n'étais pas qu'un travail pour toi.

— Bon sang, non !

Il cracha les mots si vite qu'elle dut baisser la tête pour cacher son sourire.

Ils se détachèrent, se relayant pour se glisser une dernière fois sous l'eau afin de se rincer. Justin leur trouva des serviettes, et ils se séchèrent en silence.

Mandy l'attrapa par la main et le conduisit dans la chambre, le poussant sur le matelas et sous les couvertures avant qu'il puisse protester.

— Tu as bien dit que Cole et Caden suivraient nos visiteurs, n'est-ce pas ?

Il hocha lentement la tête.

Mandy étira les bras et laissa échapper un bâillement, souriant encore lorsque son regard s'attarda sur ses seins nus. Elle se blottit contre lui et remonta les couvertures jusqu'à leur menton.

— Alors, laissons-les à leur poursuite. Je veux faire une sieste.

— Mais je devrais...

— Je veux faire la sieste avec toi.

Sa détermination suffit à le stopper dans son élan, et elle se retrouva soudain entourée d'un ours métamorphe chaud et nu, d'une taille extraordinaire.

Les draps étaient soyeux, son bras sous sa tête était

solide comme le roc, mais la main drapée sur son ventre effleurait sa peau avec la plus délicate des caresses alors qu'elle se laissait porter par les peurs et l'excitation de la journée jusqu'à l'endormissement.

~

JUSTIN ÉTAIT ALLONGÉ AUTOUR de la perfection et se demandait à quoi il avait bien pu penser.

Il n'avait pas pensé, ou du moins pas avec sa grosse tête, dès l'instant *où* il l'avait mise nue. Ou même avant…

Pourtant, après qu'elle lui avait rappelé qu'ils étaient en sécurité, il abandonna toute volonté d'autoflagellation pour savourer la chaleur de leur enlacement.

Justin finit par s'endormir, se réveillant lorsqu'elle s'étira paresseusement contre lui, sa peau douce glissant sur la sienne puis s'en allant bien trop vite lorsqu'elle roula hors du lit et disparut dans la salle de bains.

Il s'habilla et se dirigea vers la cuisine en attendant qu'elle réapparaisse.

Mandy le rejoignit à peine une minute ou deux plus tard, habillée pour sortir.

— J'ai faim. Tu veux retourner au TAB ?

Elle s'interrompit. Puis elle plissa le nez de la plus adorable des manières.

— Si tu penses que ça ne craint rien.

— De tous les endroits où nous pourrions aller, c'est l'un des plus sûrs, admit-il.

Elle lui tint la main pendant tout le trajet, les grands lampadaires éclairant leur route. Il s'attendait à ce qu'elle jette un coup d'œil nerveux autour d'elle, mais elle marchait d'un pas confiant à ses côtés, lui posant sans arrêt des questions sur son travail et sur l'endroit où il vivait à Yellowknife, où il travaillait la plupart du temps avec Tyler.

Au lieu que lui la distraie des inconnues de la journée, elle avait le contrôle total de la situation. En fait, quelle que soit la magie dont elle se servait, elle parvint, au cours de la courte promenade, à lui faire cracher le morceau et à lui faire partager un secret sur son patron.

Il ouvrit la porte du TAB tandis que Mandy riait derrière sa main.

— Et Tyler n'en a jamais mangé depuis ?

Justin secoua la tête et la guida vers un box latéral.

— Qui aurait cru que trop de chocolats au lait malté pouvait avoir un tel effet sur un grand gaillard comme lui ?

Il la souleva sur le siège, reculant rapidement lorsqu'elle se renfrogna et lui donna une tape.

— Il faut que tu arrêtes de me trimballer comme un sac de pommes de terre, se plaignit-elle.

— J'aime te porter.

Il se contenta de sourire encore plus fort en esquivant la petite serviette qu'elle lança dans sa direction.

Justin s'assit de manière à pouvoir voir la porte, de nouveau sur ses gardes.

Ce n'était pas inattendu. Nadia se présenta à leur table environ trente secondes après que la serveuse avait pris leur commande.

Elle les regarda tous les deux.

— Des problèmes, les enfants ?

— Pas de problème.

Justin la fixa ; il ne voulait pas admettre quoi que ce soit sans y être obligé. D'ailleurs, il ne mentait pas *vraiment* : ils n'avaient à ce moment-là, en ce lieu, aucun problème.

Nadia haussa un sourcil, mais ne porta aucun jugement.

En fait, elle se tourna vers Mandy à qui elle offrit un sourire accueillant.

— Si tu restes en ville un bout de temps, passe nous voir jeudi soir. C'est la soirée filles. Et la danse en ligne.

Les yeux de Mandy s'illuminèrent.

— Si quelqu'un peut m'apprendre… Je n'ai jamais fait ça avant.

— Bien sûr.

Nadia lui prit les doigts et les serra. Puis elle lança un ordre à Justin d'un ton sévère.

— Réservé aux femmes. N'essaie même pas de te faufiler à l'intérieur. Je botterais ton derrière à fourrure moi-même si je t'attrape.

Justin se redressa, se protégeant de sa dignité comme d'un bouclier.

— « Si » tu m'attrapes, c'est le mot clé.

Elle se tourna vers lui en croisant les bras.

— Oh, mon chéri, ne te fais pas d'illusions.

Ils se fixèrent un moment avant qu'un énorme ours métamorphe ne sorte de l'ombre pour chuchoter à l'oreille de Nadia.

Elle acquiesça puis se retourna pour faire ses adieux.

— Martin dit qu'on a besoin de moi au bar. À bientôt, Mandy. Et, Justin ? dit-elle en plissant les yeux. Fais-moi savoir si je peux te donner un coup de main.

Il baissa la tête. Il n'était pas assez fou pour refuser son aide, mais il espérait qu'il n'en arriverait pas là.

Ils avaient presque terminé leur repas lorsque Caden et Cole franchirent la porte, les cheveux ébouriffés, les vêtements en vrac. Les frères les repérèrent et se dirigèrent droit vers leur table.

— Attention, la prévint Justin.

Mandy se rapprocha de lui et passa ses doigts autour de son biceps.

Les loups se jetèrent sur le banc rembourré de l'autre côté de la table. Ils étaient tous les deux à bout de souffle, et Cole saisit le pichet d'eau, le portant à sa bouche pour y boire directement.

Justin les regarda tous les deux avant de jeter un coup d'œil soupçonneux à la porte.

— Où sont vos cibles, les gars ?

— Ne commence pas avec nous, mon grand, sinon je vais me déchaîner sur toi, le prévint Cole.

— C'est une question raisonnable

Tous trois se tournèrent pour regarder Mandy qui avait pris la parole. Elle haussa les épaules.

— Justin a dit que vous étiez les meilleurs traqueurs du coin. Je suis surprise de vous voir ici, sans personne.

Caden grogna en abattant une main sur la table. Une seconde plus tard, Justin serrait ses doigts dans un poing d'acier.

Il régnait entre eux un silence à couper au couteau.

Mandy fit claquer sa langue en signe d'avertissement et Justin s'obligea à laisser le loup tranquille.

Caden jeta un regard noir à Justin, mais le loup marmonna qu'il était désolé avant de laisser échapper un grognement bourru.

— Nous les avons suivis. Mais ils ont atteint le bord de la rivière et se sont enfuis à la nage en direction du nord. Il est hors de question que je me jette à l'eau pour poursuivre deux ours sur leur terre natale.

À côté de lui, Mandy leva les yeux, confuse.

— Ils se sont enfuis à la nage ?

Justin grimaça. C'était une mauvaise nouvelle. De toutes les espèces de métamorphes dont il attendait des ennuis, leurs nouveaux suspects ne figuraient pas sur la liste.

— Il parle d'ours polaires.

Caden leva les mains en haussant les épaules.

— Cela ne servait pas à grand-chose d'essayer de les suivre sans contacter quelqu'un à...

— Tu *crois* que c'étaient des ours polaires, s'emporta Cole. Je n'en suis pas certain. Tu t'es mis en travers de mon chemin, et je n'ai pas pu bien voir.

Son frère se tourna vers lui et lui lança un regard noir.

— Ne me fais pas suer, frangin.

— Ne joue pas aux imbéciles, frangin, répliqua Coe avant de regarder l'autre côté de la table. Je vais les retrouver.

Mandy baissa la tête, mais elle s'agrippa un peu plus fort au bras de Justin.

— Mais vous êtes sûr qu'ils sont partis ? Pour l'instant, je veux dire.

Caden s'adossa à son siège, fronçant le nez.

— Nous avons fait le tour de la ville avant de vous suivre jusqu'ici. Il n'y avait que deux odeurs inconnues, et elles ont disparu depuis longtemps. Je ne peux pas vous dire à quel point nous sommes désolés qu'ils aient accédé à deux de nos motoneiges de cette manière. Ils ont dû les démarrer avec les câbles.

Mandy cligna des yeux, surprise par son commentaire précédent.

— Vous connaissez tous les habitants de la ville par leur odeur ?

Justin se pencha pour murmurer à son oreille.

— C'est un truc de loup. Sois heureuse qu'ils ne reniflent pas comme les chiens.

Il lui tapota doucement les fesses.

Elle écarquilla les yeux.

Évidemment, grâce à leurs capacités, ils avaient entendu sa remarque. Les frères grognèrent en guise d'avertissement, mais sa taquinerie avait fait renaître un sourire sur les lèvres de Mandy, et c'était tout ce qui comptait.

Elle lui adressa un rapide clin d'œil avant de faire à nouveau face aux frères.

— Mais vous pouvez les traquer ?

Caden regarda son frère.

— Je ne pourrai pas, mais je parie qu'il le peut. Une vraie plaie.

— Crétin, répliqua Cole en baissant la tête. Je suis revenu pour m'assurer que vous alliez bien, mais je repars. Je vous jure que je vais les retrouver. Il y a quelque chose...

Le loup avait le regard lointain, ses yeux se perdaient comme s'il se concentrait sur quelque chose qu'il était le seul à voir. Justin se dit que c'était encore une fois un étrange truc de loups, mais que leur offre de traquer les poursuivants était une bonne idée. Cela lui permettrait de rester à Chicken et de protéger Mandy, tout en découvrant le fond du mystère.

— Merci pour ça, leur dit Justin avec sincérité.

Mandy passa la main sur la table pour serrer celle de Cole.

— Oui, merci.

Caden donna une tape sur l'épaule de son frère puis lui fit signe de se diriger vers la porte.

— Viens, ma compagne va m'attendre. On va te donner à manger avant que tu ne décolles.

Les frères s'éclipsèrent, s'évanouissant telles des ombres.

La seconde d'après, Nadia était de nouveau là, phare

d'un blanc argenté. Elle arborait une expression qui en disait long.

Justin ne put résister à la tentation.

— Oui ? Je peux t'aider ?

Nadia leva les yeux au ciel.

— Tu n'arrives pas à cracher les mots, hein ?

— Je ne vois absolument pas de quoi tu parles.

— C'est bon. Tu n'as pas à dire quoi que ce soit.

Le lynx appuya ses coudes sur la table. Puis elle s'adressa directement à Mandy.

— J'assure tes arrières, ma sœur. Je sais que celui-ci, dit-elle en pointant le pouce sur Justin, prendra grand soin de toi. C'est un bon élément, mais par sécurité, je sollicite les faveurs de tous mes amis. Personne n'entre ou ne sort de Chicken sans que nous le sachions. Tu peux te détendre jusqu'à ce que Cole revienne. Tu as ma parole.

C'était la meilleure des promesses possibles. Les relations de Nadia dans toute la ville signifiaient qu'elle avait vraiment des yeux partout.

Justin tendit la main.

— Toi aussi tu es un bon élément.

Nadia lui serra fermement la main.

— Ne sois pas modeste. Tu sais pertinemment que c'est pour ça que tu l'as amenée ici au départ.

Cela ne servait à rien de mentir.

— Grillé.

Elle recula, inclina la tête vers Mandy avant de se redresser de toute la hauteur de son petit mètre cinquante. Elle tira la langue à Justin, puis elle fit volte-face et s'en alla. L'ours géant qui la suivait toujours partout comme son ombre la suivit après avoir fait un clin d'œil à Justin.

9

Il n'y avait pas de raison valable de quitter la ville. Pas avec Cole en chasse et toute la ville en état d'alerte, alors Justin se retrancha à contrecœur avec Mandy.

Du moins, ce fut l'histoire qu'il raconta à son patron lorsque Tyler lui téléphona quelques jours plus tard.

— ... donc, tu vois, nous sommes dans l'endroit le plus sûr possible ici, et nous avons tous les renforts dont nous avons besoin.

L'ours à l'autre bout du fil resta silencieux un moment avant de laisser échapper un petit rire.

— Tu as de la chance que tout ceci soit logique, lui dit Tyler. Parce que je sais très bien que tu n'es pas en train de souffrir, terré dans une planque sans confort, loin de tout. Tu vis sans doute dans le luxe, n'est-ce pas ?

Justin laissa son regard vagabonder sur Mandy qui, assise dans le fauteuil en face de lui, ne portait rien d'autre qu'une chemise de nuit transparente et feuilletait un magazine.

— C'est assez rustique, insista Justin. Il nous a fallu près de trois jours pour faire venir les homards par avion.

Tyler imita des bruits de violon à l'autre bout de la ligne avant de devenir plus sérieux.

— Tu sais que je te fais confiance et que je veux le meilleur pour toi. Prends ton temps. J'ai l'équipe de mercenaires sur le dos, donc je suis presque autant en sécurité que si tu étais avec moi.

Ce n'était pas Tyler qui l'inquiétait.

— Et Caroline ? Parce que si tu as besoin de moi, je peux toujours amener Mandy avec moi.

— Je sais que tu n'as pas assez dormi. Premièrement, quel genre de monstre penses-tu que je suis ? J'ai renvoyé la patrouille sur Caroline le lendemain du jour où tu l'avais assignée. C'est une véritable guérilla à elle toute seule, et elle leur mettait des bâtons dans les roues.

Justin éclata de rire.

— Et quel est le numéro deux ?

Le chef de tous les ours de l'hémisphère nord lui adressa un petit rire malicieux.

— Il est affreusement difficile de faire la cour à une femme quand on est mon garde du corps.

Ce à quoi Justin ne prit pas la peine de répondre, car son patron avait raison, et que Mandy était juste là. Il n'allait pas attirer l'attention sur cette cour.

Il raccrocha et traversa la pièce d'un pas résolu. Il ne lui fallut qu'un instant pour la soulever et la réinstaller, mais cette fois sur ses genoux.

Elle lui sourit patiemment lorsqu'il lui arracha le magazine des doigts et le laissa tomber par terre.

— Tyler et Caroline vont bien, je suppose ?

— Effectivement. Ils sont de retour à Yellowknife.

Son expression se fit plus réservée.

— Oh.

— On lit en toi comme dans un livre ouvert, la prévint-il

avant de lui caresser la joue avec son doigt. Je n'ai pas encore besoin de retourner au travail. Pas tant que nous n'aurons pas compris ce qui se passe avec tes mystérieux étrangers.

Elle hocha lentement la tête.

— Pour se montrer aussi compréhensif, Tyler doit être un bon patron.

— C'est un bon ami avant tout, répondit Justin en déposant un baiser sur son nez. C'est ce que font les bons amis : ils comprennent ce dont tu as besoin, et parfois même avant que tu ne le saches toi-même.

Mandy se tortilla pour adopter une position plus confortable, qui mettait sa chaleur en contact direct avec tout l'avant de son torse. Elle passa les mains sur ses épaules, caressant ses cheveux du bout des doigts en le regardant dans les yeux.

— Je suis heureuse que tu aies un ami comme ça.

Elle avait parlé si doucement qu'il avait failli ne pas l'entendre. Cette tristesse sous-jacente derrière ses mots.

Justin prit son visage entre ses mains.

— Tu as aussi un ami comme ça, tu sais.

Ses lèvres se retroussèrent.

— J'ai plus d'amis qu'avant, oui. Caroline et Amy. Et maintenant, Nadia, elle est si gentille avec moi chaque fois que nous nous retrouvons, dit Mandy en fronçant les sourcils. Sais-tu pourquoi elle est triste ?

— Est-ce que Nadia est triste ? demanda Justin, passant en revue la semaine qu'ils avaient passé à Chicken. Je n'ai pas remarqué.

— Mmmh, peut-être que je me trompe.

Mandy glissa à nouveau les doigts dans les cheveux de Justin, pensive.

— As-tu des nouvelles de ta famille ?

Elle lui avait finalement expliqué qu'elle avait attendu pour reprendre contact qu'il n'y ai plus aucun moyen pour Todd de s'immiscer dans sa vie.

— Rien pour l'instant, mais internet sur l'île en est resté à l'âge des cavernes, répondit Mandy en secouant la tête. Je ne sais pas vraiment ce que je veux. Ça fait tellement longtemps que je suis partie que je ne reconnaîtrais presque plus mes petites sœurs, ni Nana, ni les ours de l'île. Mes parents étaient déjà morts depuis des années. Parfois je me dis que je devrais simplement laisser tomber, mais ensuite je me sens coupable de ne pas...

Elle referma la bouche.

— Pas de culpabilité, lui rappela-t-il. Tu es une femme extraordinaire, et quoi qu'il arrive à l'avenir, je sais que tu es assez intelligente pour prendre les bonnes décisions.

Il lui titilla le nez, et elle lui mordilla doucement les doigts ;

— Tu es toi-même assez incroyable.

L'esprit de Justin passa à un autre sujet.

— Au fait, tu as oublié de nommer l'un de tes amis.

Elle cilla avant de sourire.

— Oui, c'est vrai.

Justin accepta le baiser qu'elle lui offrit en guise d'excuses. Et le suivant. Et celui d'après... oh, celui-ci il l'apprécia en se levant pour la porter à l'aveuglette dans le couloir jusqu'à la chambre.

Il les installa sur le lit. Ils se câlinèrent pendant un moment, tandis qu'elle murmurait des mots heureux entre de doux baisers. Leurs vêtements disparurent les uns après les autres, jusqu'à ce qu'ils soient peau à peau. Leurs caresses commencèrent par être douces et taquines avant que la passion ne s'enflamme et qu'ils ne jouissent ensemble dans une explosion de sensations qui emballa son cœur et lui donna de l'espoir.

C'était exactement ce qu'il voulait pour elle. Pour eux. Mais il n'allait pas la pousser à prendre des décisions pour le long terme pour le moment, même si lui savait exactement ce qu'il voulait.

Elle. Pour toujours.

Quelques matins plus tard, Mandy se tenait debout devant l'évier à côté de lui, en train d'essuyer la vaisselle qu'il avait lavée à la main après le petit-déjeuner.

— Je me suis dit que nous pourrions aller faire de la luge aujourd'hui, suggéra-t-elle. Et puis la société théâtrale présente quelques vieux films. Tu veux y aller ?

Justin hésita.

— Est-ce que c'est sur ta liste ?

Elle secoua la tête.

Il y réfléchit un instant.

— Oh, et puis zut ! Il n'est pas nécessaire que tout soit inscrit sur la liste.

C'était les plus longues vacances que Justin avait prises depuis le lycée, lorsque lui et son ami avaient commencé leur ascension vers le sommet du monde des affaires, sans parler de l'organisation politique des ours. Des siestes l'après-midi, des dîners tard le soir, de longues conversations pendant qu'ils se promenaient partout dans Chicken.

Il ne pouvait imaginer mieux, et le fait de voir Mandy s'épanouir sous ses yeux rendait la chose encore plus agréable.

Elle ne s'aventurait pas dehors sans lui ; ils demeuraient prudents, mais lorsqu'ils sortaient, elle menait et il suivait, et ils s'arrêtaient chaque fois qu'elle voulait discuter avec les personnes qu'ils avaient appris à connaître au sein de la communauté.

C'était trop parfait pour durer.

Son téléphone sonna, et la voix grave de Caden l'accueillit dès qu'il eut dit bonjour.

— Cole est de retour, et tu ne vas pas le croire.

— Est-ce qu'il les a rattrapés ?

— L'un d'entre eux. Viens ici. Ce sera plus facile à expliquer une fois que tu l'auras vu.

Caden raccrocha, laissant Justin dans l'expectative.

Mandy passa les bras autour de lui par-derrière et déposa un baiser sur son biceps.

— Qui était-ce ?

— Cole est de retour.

Elle se raidit.

— Et ?

Elle avait le droit de savoir, et ce n'était pas la protéger que de ne pas partager l'information.

— Il en a attrapé un

Mandy se plaça devant lui, les yeux écarquillés, puis elle arbora une expression de pure détermination.

— Qu'est-ce qu'on attend ? Allons-y.

Qu'attendait-il ? Il ne voulait pas que cela se termine.

Justin se ressaisit avant de l'admettre et de lui forcer la main.

— Et si c'était un coup monté ? demanda-t-il à la place, exprimant ses autres inquiétudes. Et s'il y en avait d'autres ? Et s'ils essayaient juste de faire en sorte que tu te retrouves dans la même pièce que l'un d'entre eux pour une raison que j'ignore, avant qu'ils ne fassent... quelque chose ?

Elle sourit.

— Il y avait beaucoup de « si » et de « quelque chose » pour une seule phrase, Justin. Tu te souviens de notre accord ? Je te fais confiance pour me protéger. Si je dois rester ici parce que tu es absolument certain que c'est la seule solution, je le ferai. Mais si je suis en sécurité à tes côtés, nous devrions y aller.

Il n'avait pas l'intention de mentir, et elle avait raison.

Merde. *Elle avait raison.* Elle était en sécurité à ses côtés. C'était ce dont il devait la convaincre, pour aujourd'hui, et pour l'avenir. Et il n'y avait qu'une seule manière de relever le défi, c'était de faire face à ce qui la hantait dans son passé, une bonne fois pour toutes.

— Prends tes affaires et allons-y.

Oh, bon sang, elle était devenue la meilleure bluffeuse de la ville.

Mandy *voulait* affronter la personne qui la harcelait, mais cela aurait été mentir que de dire qu'elle était à l'aise avec cette idée.

Les cauchemars de l'époque où elle était mariée à Todd s'immisçaient dans son esprit, mais elle les repoussait en se concentrant sur le grand et doux géant qui se trouvait à ses côtés. Au mur protecteur qu'il lui offrait.

Rien ne lui arriverait en sa présence, alors la seule chose qu'elle avait à craindre, c'était de reculer.

Justin lui serra les doigts alors qu'ils se tenaient devant la porte de la boutique Wolf Brothers Wild Adventures, attendant qu'elle prenne son courage à deux mains.

La porte s'ouvrit sur Caden qui sortit en la refermant derrière lui, son regard oscillant entre eux.

— Respirez profondément et détendez-vous, leur ordonna-t-il. Nadia est là.

Toute la tension de Mandy disparut comme on débouche un évier, et elle remarqua que Justin poussait lui aussi un soupir de soulagement.

— Oh, brillante idée.

— Il est toujours bon d'avoir des renforts sous la main, dit Caden avant de donner un coup de coude dans le flanc de Justin.

— Tu t'es fait avoir, hein, Baloo ? Tu as oublié que nous avons le shérif aux dents les plus pourries de cette région.

Justin fit un bruit de haut-le-cœur.

— Je ne manquerai pas de le lui répéter. En ces termes exacts.

L'expression de Caden se tordit légèrement.

— Euh, tu n'es pas obligé de faire ça. Vu que nous sommes un peu occupés en ce moment, et tout.

— Tu n'as pas envie de t'expliquer avec elle, hein ?

Le loup secoua la tête.

— Bon sang, non ! J'aime avoir ma fourrure à l'extérieur et ma queue sans nœud, merci.

Ils franchirent la porte, et un étrange sentiment de calme s'empara d'eux. Celui qui emplissait une pièce lorsque Nadia essayait de garder les choses sous contrôle. C'était comme le parfum après une pluie de printemps, frais et propre, revigorant et pourtant légèrement soporifique. Mandy enroula ses doigts autour de la main de Justin pour le tirer vers l'avant avec elle.

Il y avait beaucoup de choses à assimiler d'un seul coup d'œil. Nadia se tenait sur la gauche, adossée au mur. De l'autre côté de la pièce, Cole était assis à la table, les doigts entourant le frêle poignet d'une jeune femme brune...

Le cœur de Mandy bondit d'excitation, et elle lâcha la main de Justin pour traverser la pièce en courant.

～

Tout se passa en un instant.

Le regard de Justin se posa sur Cole, assis à une table, les doigts serrés autour du bras d'une femme brune. Justin la regarda de plus près, confus pendant un moment, jusqu'à ce qu'il comprenne pourquoi l'étrangère lui semblait si familière. C'est alors que Mandy s'écarta de lui, se précipitant en avant, mains tendues en signe de bienvenue.

— Danielle ?

Les moments suivants s'écoulèrent dans un tourbillon de bruit et de confusion, tandis que Mandy attirait l'autre femme dans ses bras. Cole se leva, et Justin resta derrière Mandy ; il s'était précipité derrière elle aussi vite qu'il avait pu.

— Oh, Mandy ! C'est *vraiment* toi ! s'exclama l'autre femme avant de fondre en larmes.

Justin se tenait près de Mandy au cas où on aurait besoin de lui, mais apparemment, elle savait qui était l'autre femme, alors il se tourna vers Cole pour le narguer.

— Tu en as mis, du temps.

— Il y a eu des complications, répliqua Col sans plaisanter, observant attentivement Danielle.

De manière obsessionnelle.

Oh, merde ! Cela n'augurait rien de bon.

Quelqu'un s'éclaircit bruyamment la gorge, attirant leur attention de l'autre côté de la pièce, où Nadia était adossée au mur. Elle leva les yeux au ciel.

— Vous ne devez pas avoir beaucoup d'estime pour moi, vu la façon dont vous vous entourez tous les deux ces femmes, se plaignit Nadia. Asseyez-vous tous. Plus vite nous résoudrons ce problème, mieux ce sera.

Mandy refusait de lâcher la main de Danielle, la tirant vers la chaise que Cole avait abandonnée, et forçant les hommes à se placer derrière elles.

— Alors, elle te connaît vraiment ? l'interrogea Cole.

Mandy acquiesça, touchant délicatement le visage de Danielle.

— Même si je ne t'ai pas reconnue pendant un instant. Tu as changé.

— J'ai grandi.

Mandy se tourna sur sa chaise pour offrir un sourire éclatant à Justin.

— Danielle est ma sœur. Je ne les ai pas revues, Susanna et elle, depuis que j'ai déménagé.

Certaines des craintes de Justin se dissipèrent, mais il restait tout de même inquiet.

— Mais qui était avec elle ? Pourquoi nous a-t-elle poursuivis avec les motoneiges ? Et que faisait-elle dans ton appartement ?

Danielle ne broncha pas, mais elle ne répondit qu'à une partie de ses questions.

— J'essayais d'obtenir des informations. Nous avons entendu des rumeurs, mais personne ne voulait nous dire quoi que ce soit, alors je me suis dit qu'il fallait que je le découvre par moi-même.

Danielle observa Justin de la tête aux pieds. Elle l'évalua, et apparemment elle le trouva désirable.

— Je voulais savoir si elle était libérée de cet enfoiré manipulateur qui nous l'avait enlevée.

— C'est le cas, la rassura Mandy. Tout a changé et tout va bien se passer. Le patron de Justin est le nouveau chef des clans d'ours et il apporte des changements. De bons changements.

Danielle et Justin échangèrent un nouveau regard. Sa jeunesse était bien plus évidente après qu'il avait passé un peu de temps à l'observer. Elle devait être à peine sortie de l'adolescence.

Elle haussa les épaules, ignora Justin et se concentra sur

Mandy, joignant leurs mains.

— Nous verrons bien. Mais maintenant que je t'ai retrouvée, je veux que tu rentres à la maison avec moi.

— *Non*.

Le mot sortit involontairement de la bouche de Justin, et la seule chose qui rendit la chose encore meilleure, c'était qu'il n'était pas le seul à le dire.

Cole l'avait fait en même temps, en fixant Danielle.

Les deux femmes à la table bougèrent à l'unisson, comme dans un numéro bien chorégraphié. Elles repoussèrent leurs chaises et se retournèrent, croisant les bras en leur jetant des regards sévères.

— *Non* ? répéta Mandy, choquée.

Justin s'efforça de trouver un moyen de revenir en arrière, mais il ne pouvait faire taire son instinct protecteur.

— Pas avant d'en savoir plus, insista-t-il.

— C'est ma *sœur*.

— Ce qui veut dire que tu lui fais confiance, répondit Justin. Ce qui est exactement ce que chercherait à propos de quelqu'un qui a des objectifs plus néfastes comme votre ex. Il n'hésiterait pas à se servir de ta sœur pour t'atteindre.

Cole se tourna vers lui, montrant les dents.

— Es-tu en train d'insinuer que Danielle serait l'appât d'un piège ?

Le loup avait les poils hérissés et Justin lui fit signe de se détendre.

— Je dis qu'il ne faut rien faire sans y avoir bien réfléchi.

Un silence de plomb s'abattit sur la table. Le regard de Mandy brûlait Justin ; elle lui faisait comprendre qu'elle désapprouvait.

Il fallut que Nadia s'avance et les ramène à un niveau de tension suffisamment bas pour qu'ils puissent réfléchir à nouveau. La petite blonde tira une chaise et s'y assit à l'envers, posant les bras sur le dossier.

— Nous n'avons pas besoin de décider de quoi que ce soit dans l'instant, souligna-t-elle.

— Je refuse de quitter Danielle des yeux, insista Cole.

— Je le sais, parce qu'elle s'est montrée suffisamment talentueuse pour te berner pendant très longtemps, dit Nadia, faisant claquer sa langue pour les apaiser. Je suis sûre qu'elle ne sera plus jamais aussi méchante avec toi. Pauvre petit loup.

Cole bafouilla tandis que les lèvres de Danielle se tordaient en un sourire narquois.

— Nous pouvons trouver une solution pour que tout le monde reste dans les parages et soit heureux jusqu'à ce que Mandy prenne une décision. Car, à moins que je ne me trompe, et je ne crois pas que ce soit le cas, c'est à *elle* de prendre cette décision.

Nadia pointa Mandy du doigt.

Celle-ci se leva, prit Danielle dans ses bras et la serra fort.

— Oui, c'est ma décision, mais je ne pourrai pas la prendre si je n'ai pas le temps de parler avec ma sœur. Seule à seule.

Elle se tourna rapidement, les poings sur les hanches en jetant des regards furieux à Cole et Justin.

— Arrêtez de grogner, les gars. Si tu crains que Danielle ne m'enlève comme par magie sous ton nez, dit-elle en déplaçant son regard vers Justin, relevant son menton d'un air de défi, ou si tu ne me fais pas confiance pour rester dans les parages comme je te l'ai promis, on va juste s'asseoir *ici* et parler. Mais vous deux, vous allez devoir vous asseoir *là-bas*.

Elle pointa du doigt l'autre bout de la pièce.

— Cole pourra vous entendre, lui rappela Justin à contrecœur.

Le loup planta ses doigts dans la cage thoracique de son ami comme un couteau.

Mais Justin s'en moquait. L'expression sévère de Mandy s'adoucit à ses mots. Elle posa une main sur son bras.

— Je sais qu'il peut entendre. Là n'est pas la question. Je n'essaie pas de garder des secrets, je veux juste être avec elle, seule.

Il acquiesça, puis recula lorsque Nadia passa ses mains autour de son bras et de celui de Cole, les tirant vers la porte.

— Tu vois, Cole ? Tu vois à quel point les choses sont plus simples quand tu te contentes d'écouter les gens les plus intelligents de la pièce ?

Cole lui montra les dents, et elle éclata de rire.

— D'accord, c'était un peu méchant de ma part. Allez, monsieur Grognon. Ta nouvelle amie sera là quand tu reviendras. J'ai besoin que tu me donnes un coup de main une minute.

— Mais elle a dit...

— Mandy ne voit peut-être pas d'inconvénient à ton ouïe bionique de loup, mais elles ont droit à leur intimité. Et j'ai vraiment besoin de ton aide. S'il te plaît ? lui demanda-t-elle avec une moue de supplication.

Cole refusa de bouger jusqu'à ce qu'il obtienne l'attention de Danielle. Il parla doucement, mais il s'agissait bien d'un ordre.

— N'envisage même pas de quitter la ville sans moi.

Danielle se gratta la joue avec son majeur avant de reporter son attention sur sa sœur.

Justin était apaisé par le fait que Mandy semblait tout à

fait maîtresse de la situation et à l'aise. Alors il sortit, et les portes se refermèrent avec un fort déclic derrière lui.

*
**

Après la décharge d'adrénaline des derniers instants, Mandy était heureuse de se rasseoir, attrapant à nouveau la main de Danielle pour la serrer fermement.

— Raconte-moi tout ce qui se passe à la maison. Non, attends. Dis-moi comment tu m'as trouvée. Non, attends... fit Mandy en secouant la tête. J'ai l'impression que nous avons une éternité à rattraper, et je ne sais même pas quoi te demander.

Danielle jeta un coup d'œil vers la porte.

— Alors, ne pose pas de questions. Laisse-moi faire. Est-ce que tu vas vraiment bien ? Nous avions entendu des choses terribles, mais c'est toujours presque impossible d'obtenir des informations récentes sur l'île.

— Je vais vraiment bien. Je suis libre, dit-elle à sa sœur, avec un soulagement sincère dans la voix.

Danielle ne sautait pas de joie comme Mandy l'avait espéré.

Au lieu de cela, sa sœur jeta un nouveau coup d'œil à la porte.

— Qui est-il ? Ce grand ours ? Parce qu'il n'a pas l'air plus sûr que Todd.

Oh. Mandy comprenait maintenant la raison de cette discussion privée.

— Justin n'a rien à voir avec Todd. D'accord, oui, c'est un gros ours possessif, mais dans tous les domaines qui comptent, ils ne se ressemblent pas du tout. Il s'est montré très attentionné avec moi.

— Il t'a emmenée au bout du Nord en un rien de temps.

Mandy jeta un regard d'avertissement à sa sœur.

— Il m'a amenée à Chicken pour me protéger parce que *toi* et quelqu'un d'autre êtes entrés par effraction dans mon appartement, et que nous avions peur qu'il s'agisse de quelqu'un en lien avec Todd.

Danielle se détendit un tout petit peu.

— C'était moi et un membre du clan. Susanna voulait venir, mais c'est une mauvaise traqueuse. Et je ne pouvais pas prendre de risques. Même là, et si tu étais en train de raconter ce que tu penses être le mieux pour nous ? Pour la famille ? C'est ce que tu faisais avant.

Son passé revenait la hanter.

— Ce n'est pas du tout la même chose, insista Mandy. Todd est sorti de ma vie pour de bon.

— Alors, viens sur l'île. Nous avons besoin de toi là-bas. Nous avons besoin de toi pour faire la différence.

— Cela fait huit ans que je suis partie. L'île n'est plus ma maison, protesta Mandy.

Un silence s'installa. Sa sœur sembla se dégonfler et s'affaissa sur sa chaise.

— D'accord, cela va te paraître stupide, mais tu es comme la grande sœur d'un livre de contes qui est restée enfermée dans une tour d'ivoire pendant des années, dit Danielle avant de grimacer. Je te connais, et je tiens à toi, mais je... Je ne te connais pas comme ma sœur.

— *Pas encore*, ajouta Mandy, son propre chagrin s'ajoutant au reste. Mais je comprends ce que tu veux dire. Je veux le meilleur pour toi, pour Susanna et pour le reste de l'île, mais vous êtes tous des souvenirs lointains, d'une certaine manière.

Elles se dévisagèrent tristement.

— Dure vérité, hein, frangine ?

— La plus dure de toutes, acquiesça Mandy.

L'expression de Danielle se radoucit.

— Voilà une autre vérité difficile à encaisser. Je suis désolée, mais Nana est décédée il y a quelques semaines. C'est à ce moment-là que nous avons commencé à te chercher.

Mandy s'attendait à ce que cela arrive un jour. Elle avait été absente pendant si longtemps, et elle savait d'une manière ou d'une autre que sa grand-mère serait partie avant qu'elles ne puissent se retrouver. Elles avaient eu une relation… *difficile*, c'était le moins qu'on puisse dire. Le froid qui s'était installé en elle lorsqu'elle avait choisi de partir, il y a des années, et que sa grand-mère n'avait pas protesté, ce froid la protégeait maintenant, et engourdissait son chagrin.

Elle choisit la politesse, mais elle n'avait pas vraiment de souvenirs tendres de sa grand-mère.

— Je suis désolée de ne pas avoir été là.

— Elle savait que tu avais fait de ton mieux pour la famille, mais maintenant que tu n'es plus avec Todd, cela signifie que tu dois revenir, insista Danielle. C'est ta responsabilité. Tu es l'aînée. Tu es censée prendre la tête de la famille.

La gêne se mua en malaise lorsque toutes les choses qu'elle avait ratées au fil des ans lui échappèrent une fois de plus. Mandy secoua la tête.

— Pas nécessairement. J'ai renoncé au droit de gouverner l'île quand je suis partie. Tu devrais être la prochaine sur la liste. Pourquoi ne prendrais-tu pas le poste ?

Danielle éclata de rire.

— Moi ? Oh, tu n'as aucune idée de ce que j'ai fait ces

huit dernières années. Je suis la personne la moins susceptible de se voir proposer de régner. Ce doit être toi, ou Susanna, je suppose.

C'était leur plus jeune sœur ; les souvenirs que Mandy avait d'elle étaient ceux d'une enfant maladroite de dix ans avec deux pieds gauches.

— Mais ce n'est qu'un bébé.

Sa sœur haussa un sourcil.

— Elle a dix-huit ans, mais elle est un bien meilleur choix que moi.

Elles passèrent quelques instants de plus à rattraper le temps perdu, puis Mandy déposa un baiser sur la joue de sa sœur et ramena la conversation sur la demande de Danielle.

— Je ne peux pas te donner de réponse maintenant, j'ai besoin de parler à certaines personnes. D'en parler à... des amis... et leur demander ce qu'ils suggèrent.

Danielle hésita.

— Est-ce que ce gros ours est l'un de ces *amis* ?

Mandy n'avait aucune raison de mentir.

— Oui.

Sa sœur acquiesça lentement.

— D'accord. Et d'ailleurs, je te fais confiance pour faire ce qu'il faut. Nous avons été éloignées l'une de l'autre pendant longtemps, mais j'ai toujours su que tu faisais ce que tu pouvais pour la famille, dit-elle avec une grimace. Épouser Todd, puis rester à l'écart et tout ça.

Elle n'avait pas pu faire d'autre choix, quelle qu'ait été l'ampleur du sacrifice.

— Si je n'avais pas coupé les ponts avec la famille, Todd aurait pris le contrôle de l'île et serait devenu un vil dictateur. C'était le seul moyen de vous sauver tous.

Danielle grimaça à nouveau.

— En te sacrifiant.

Mandy haussa les épaules. Ce n'était pas nouveau. C'était la prochaine décision qu'elle devrait prendre qui allait changer sa vie pour toujours.

Sa sœur la regarda d'un air confus.

— Cela peut paraître étrange, mais je t'aime.

— Dans le genre « princesse enfermée dans une tour » ?

— Dans le genre « je suis fière d'être ta sœur ».

Danielle se leva alors avec détermination. Elle changea de sujet, un sourire malicieux aux lèvres.

— Pendant que tu te décides, tu as l'intention de me laisser avec ce loup ?

Mandy jeta un regard inquiet à sa petite sœur.

— Qu'est-ce qu'il t'a fait ?

Les yeux de Danielle s'écarquillèrent.

— Oh, non... Rien de tel. Vraiment. Sauf que...

Elle jeta un coup à la porte au moment où elle s'ouvrait. Cole entra, Justin à ses côtés.

Le grand ours qui avait tellement compté dans sa vie la semaine dernière attrapa le loup par le bras pour le garder près de la porte. Le regard affamé de Cole ne quittait pas Danielle, mais Mandy se concentra sur Justin.

Sur sa taille, mais aussi sur sa manière de se tenir de manière protectrice pour s'assurer que son désir d'intimité soit respecté. Il lui jeta un coup d'œil rapide pour s'assurer qu'elle n'était pas blessée. Qu'elle n'avait besoin de rien.

En fait, elle avait besoin de quelque chose, de temps, pour réfléchir et discuter de la suite.

— Danielle, je vais me promener. Est-ce que tu peux rester ici un moment ? Ou est-ce que tu as besoin de quelque chose à manger, ou...

— Je vais rester avec elle, annonça Cole qui traversa la pièce pour se retrouver à ses côtés en un instant.

Danielle leva les yeux au ciel.

— Bien sûr, mon grand. Tu peux t'asseoir juste là.

Elle tira l'une des chaises et en tapota le siège avant de s'asseoir sur celle d'à côté.

Mandy n'était pas certaine de comprendre ce qui se passait, mais elle hocha la tête.

— On se voit dans un petit moment, d'accord ? Ensuite, tu pourras venir à notre appartement, et nous rattraperons le temps perdu.

— Pas de problème, frangine. Je t'aime, répondit Danielle en lui envoyant un baiser avant de se tourner vers le loup. Tu es vraiment un chiot grognon, hein ?

Cole se laissa tomber sur la chaise et lui grogna dessus, mais cette fois, c'était un son doux, comme s'il essayait de s'empêcher de rire.

Justin prit le bras de Mandy et l'entraîna hors de la boutique, sous un soleil radieux.

— Allez ! L'air frais te fera du bien.

Danielle agita les doigts puis posa la main sur le bras de Cole, appuyé sur la table entre eux. Elle semblait aller bien, alors Mandy releva les yeux vers le visage de Justin.

— De l'air frais, ça me paraît une merveilleuse idée.

10

———

À ce stade, Justin ignorait quelles étaient ses options, et celles qui lui venaient à l'esprit en premier lieu étaient mauvaises et pires.

Il savait ce qu'il voulait : Mandy.

Mais alors qu'elle se promenait à ses côtés, totalement inconsciente de ce qui les entourait, il sut que la réponse n'était pas aussi évidente que cela.

Sur une impulsion, il prit ses doigts entre les siens.

— Allez ! Je t'emmène faire un tour.

Elle rit doucement.

— Je m'en remets à tes mains compétentes.

Compétentes. *Ah !* Une ourse à peine sortie de l'adolescence avait réussi à lui échapper, ainsi qu'à ses traqueurs. Tyler allait se tordre de rire en entendant ça, et Caroline...

Mon Dieu, elle n'allait jamais le lâcher avec cette histoire.

— Je suis très impressionné par ta sœur, d'ailleurs, déclara-t-il après avoir fait monter Mandy dans la Jeep et avoir quitté la ville. Peu de gens peuvent échapper à Cole ou à la meute Takhini.

— Danielle a vraiment fait du bon travail, n'est-ce pas ? Mais elle avait peut-être quelques astuces auxquelles tu ne t'attendais pas, l'excusa Mandy.

— Vraiment ? Serais-tu en train de me dire que le « *fantôme* » dans « ours fantôme » signifie que vous pouvez vraiment disparaître ?

Elle lui sourit.

— Non, mais je me souviens avoir joué à cache-cache avec elle avant de déménager, et elle a toujours été une championne de la cachette lorsqu'elle était motivée.

Ils restèrent assis en silence, les lacets de la route les menant de plus en plus haut jusqu'à ce qu'ils atteignent un point où ils avaient une vue sur trois vallées différentes. Les montagnes s'élevaient, et le bleu pâle du ciel se parait de nuages délicats.

Il fit tourner la Jeep vers un point de vue et se gara, puis rejoignit Mandy à la balustrade où toute la vallée s'étendait à leurs pieds.

— Danielle veut que je retourne sur l'île.

— J'ai entendu.

Elle continuait à regarder la terre.

— Elle veut que j'y retourne pour gouverner. C'était ma Nana qui occupait le poste, et elle est décédée.

Il étouffa ses pensées peu charitables à l'égard de sa grand-mère et se concentra sur l'idée que Mandy pourrait s'en aller. Le cœur de Justin s'effondra quelque part autour de ses pieds.

— Je suis désolé pour ta perte, s'obligea-t-il à dire le plus poliment possible.

Mandy lui offrit un sourire triste.

— Merci, mais je lui ai dit au revoir il y a des années.

Justin posa une main sur son épaule, ressentant le besoin de la toucher.

— Alors... Qu'as-tu envie de faire ? Veux-tu gouverner ?

— Tu *savais* ?

Il eut l'air coupable un instant.

— Cole et moi venons de faire une recherche sur Google de l'île de Kodiak en utilisant les noms de Danielle et de Susanna comme référence supplémentaire. À l'époque où tu as épousé Todd, le poste de chef était en discussion. Entre ta famille et une autre. Il s'est avéré que la tienne avait la lignée la plus directe depuis les ours fantômes qui ont colonisé l'île.

— Nous le savions, admit-elle. Les deux familles potentielles savaient que notre lignée était la bonne, mais le conseil de l'ours a associé mon nom à celui de Todd pour nous marier, et tout a changé.

Justin ne comprenait pas.

— Je suppose que Todd a tiré les ficelles pour se mettre en couple avec toi. Pourquoi ce bâtard assoiffé de pouvoir n'a-t-il pas insisté pour que vous restiez sur l'île afin qu'il puisse prendre le pouvoir ?

— Parce qu'il a soudoyé le comité pour pouvoir m'épouser pour mon *titre*. Il ignorait que je pouvais potentiellement diriger toute l'île.

— Bon sang, Mandy !

Elle haussa les épaules.

— Les mariages arrangés sont la norme dans la société des ours, tu le sais. Si Todd avait été un homme honnête, tout se serait passé différemment, mais au début, nous ne pouvions pas en être sûrs.

Justin aurait dû se taire, mais il ne pouvait pas.

— Je ne pense pas beaucoup de bien de ta famille pour t'avoir laissé faire ce sacrifice.

— Ce n'était pas la faute de mes sœurs, répondit Mandy, s'empressant de les défendre. Mais Nana...

Elle soupira avant de lever des yeux tristes pour rencontrer les siens.

— Il m'est arrivé de penser du mal d'elle, mais je suppose qu'elle a fait ce qu'elle pensait être le mieux pour notre peuple, et qu'elle ne s'est pas posé trop de questions quand j'ai choisi de rester avec Todd.

Mandy était trop indulgente. Justin était prêt à faire voler des têtes pour la défendre. Il prit une profonde inspiration et mit sa colère de côté pour se concentrer sur le fait d'être un roc pour Mandy, ici et maintenant.

Elle resta silencieuse un long moment avant de prendre la parole.

— C'est dans doute égoïste et mal, mais j'ai renoncé à une grande partie de ma vie. Je ne veux pas me sacrifier à nouveau. Je veux partir à la découverte du monde, faire la grasse matinée et lire tard. Je veux avoir un chien...

— Sérieusement ? Un *chien* ?

Elle sourit.

— Je voulais juste vérifier que tu m'écoutais toujours.

Il la vit pivoter pour lui faire face.

— J'écoute de toutes les fibres de mon corps. Je ne crois pas qu'il y ait quoi que ce soit de mal dans ce que tu désires.

— Est-ce égoïste ?

— Qu'est-ce qui le rend égoïste ? Ce n'est pas parce que tu es née dans une certaine famille que ça doit forcément être toi.

— Si je ne le fais pas...

— Alors quelqu'un d'autre le fera. Danielle a passé les huit dernières années sur l'île. Ne crois-tu pas qu'elle pourrait savoir un peu mieux ce qui est bon pour votre peuple ?

— C'est brutal.

— Non pas que tu ne ferais pas un excellent travail si tu décidais de le faire, mais Mandy, c'est pour ça que j'ai posé la question. Que veux-tu faire ? Et si c'est dormir tard, lire des livres ou voyager partout, tu devrais le faire.

— Ce n'est pas si simple.

— Ça ne l'est jamais. Mais quoi qu'il en soit, tu peux prendre le temps qu'il te faut. Rien ne t'oblige à prendre de décision à ce moment précis.

Même s'il avait vraiment envie qu'elle le fasse. Il savait exactement ce qu'il voulait qu'elle choisisse, mais c'était à elle de décider. Tout ce dont il était sûr, c'est que quelle que soit la route qu'elle prendrait, il serait à ses côtés tout le temps, quoi qu'il arrive.

~

Dès qu'elle avait aperçu sa sœur, toutes les décisions qu'elle avait repoussées avaient semblé surgir comme une vague de tsunami, l'entraînant dans un million de directions.

Justin pensait que c'était très simple. Mais Mandy était partie depuis si longtemps qu'elle savait à peine à quoi ressemblait l'île de Kodiak depuis qu'elle l'avait quittée.

Elle avait épousé Todd il y a des années parce que c'était ainsi que les ours métamorphes faisaient les choses. Après avoir découvert son vrai visage, elle avait choisi de sacrifier son bonheur pour assurer la sécurité de sa famille. Elle était partie, s'assurant que ce salaud ne sache jamais à quel genre d'argent ou de pouvoir elle aurait pu avoir accès. Son silence lui avait coûté cher, mais il en valait la peine.

Pouvait-elle faire demi-tour après tout cela et retourner

délibérément dans un monde où elle n'était pas maîtresse de sa propre vie ?

Puis Justin l'embrassa, ses lèvres frôlant les siennes d'une manière qui fit s'emballer son cœur et aspira l'air de ses poumons. La distrayant des préoccupations qui tourbillonnaient dans son cerveau.

Elle le laissa la tirer jusqu'au banc d'observation voisin.

— C'était pour quoi ? lui demanda-t-elle.

— Parce que tu avais l'air d'en avoir besoin. Tu avais l'air d'avoir besoin qu'on te rappelle que je suis là et que j'ai promis de t'aider. L'offre tient toujours.

Elle fixa le grand grizzly, ses bras massifs, son torse immense et son cœur énorme qu'elle aurait juré voir se refléter dans ses yeux hypnotiques.

Les rêves qu'elle avait nourris de parcourir le monde et d'explorer des endroits fabuleux, mêlés à ceux qu'elle avait faits de rester au lit les matins de paresse, tout cela n'était rien jusqu'à ce qu'elle l'imagine là, avec elle.

Ce fut à ce moment-là qu'elle comprit. Elle savait ce qu'elle voulait, au plus profond de son cœur, et en fin de compte, ce n'était ni un lieu, ni une chose, ni même une description de poste.

Elle plongea dans ses grands yeux gris.

— Peu importe ce que je décide de faire. Qu'est-ce que *toi*, tu vas faire ?

Un rire lui échappa, et il secoua lentement la tête.

— C'est toi qui n'écoutes pas. Où que tu ailles et quoi que tu fasses, je viens avec toi.

Le cœur de Mandy s'emballa. Et l'espoir jaillit au creux de son ventre.

— Et pour quelle raison ?

Il sourit.

— Parce que je suis un ours aux multiples talents et aux

quelques vices. La seule véritable obsession que j'ai... c'est toi.

Il ne le disait toujours pas, et elle n'était pas certaine d'être assez courageuse pour le dire en premier.

Puis, soudain, elle le fit.

— Justin, je peux te dire quelque chose ?

Il haussa un sourcil.

— Bien sûr.

Elle hocha la tête avec détermination.

— Quoi que je fasse, j'aurai besoin d'aide.

Il attendit patiemment.

— Tu as promis de m'aider avec ma liste. Et si la liste comportait soudain la mention « devenir le chef d'une petite île riche » ?

Il écarquilla les yeux.

— Est-ce que c'est susceptible d'être ajouté à ta liste ? Est-ce que c'est ce que tu veux vraiment ?

— Je n'en suis pas sûre, avoua-t-elle. Mais je sais que je ne peux rien faire de ma liste sans que l'ours que j'aime accepte de rester à mes côtés. C'est la seule chose que je ne peux pas...

— Attends ! l'interrompit-il. L'ours que tu *aimes* ?

Mandy acquiesça.

— Ouaip. Entièrement et profondément.

Le sourire de Justin débuta lentement, puis s'étira en un véritable sourire radieux.

— Évidemment que c'est entièrement et profondément. Si l'on veut faire quelque chose, il faut le faire bien.

Le bonheur se faufila dans les coins du mur qu'elle avait érigé au cas où elle ne pourrait pas tout avoir.

— Et ton travail ?

Justin haussa les épaules.

— Je travaille pour Tyler parce que c'est un ami et parce

que cela m'occupe. Si tu as besoin de moi, je suis à ta disposition. Tu es bien plus jolie à regarder que lui.

Mandy se jeta dans ses bras et l'embrassa fougueusement, avant qu'une pointe de mécontentement ne se glisse dans la félicité.

— Attends... tu ne l'as pas encore dit.

Justin saisit son menton entre ses doigts et lui fit basculer la tête en arrière pour pouvoir l'embrasser plus facilement.

— Je n'ai pas dit quoi ?

Elle fit un petit bruit impatient. Il cligna des yeux, puis un petit rire s'échappa de sa poitrine avant de remonter et de s'échapper furtivement.

Mandy attendit.

Il posa un genou à terre, portant la main de la jeune femme à ses lèvres pour lui embrasser les jointures.

— Lady Mandy, vous m'avez volé quelque chose, alors j'exige à présent que vous en preniez soin pour toujours.

Une douce chaleur monta au creux de son ventre.

— Qu'est-ce que j'ai volé ?

Il posa une main sur son torse.

— Mon cœur. La seule chose qui me maintient en vie, c'est ce mystérieux pouvoir qui a pris sa place. Un pouvoir magique qui fait que mon sang continue à circuler et que mon âme est heureuse.

Elle ne l'aurait jamais imaginé aussi poète, et son langage fleuri la fit rire.

— Je ne sais pas si c'est magique d'avoir enlevé ton cœur, ou si c'est de la nécromancie.

Il rit à son tour puis fit mine de chuchoter :

— Jouez le jeu, *my lady*. Nadia va demander tous les détails, autant mettre la barre haute.

— Genre, des baisers époustouflants à l'intention des loups ?

— Du moment que je ne suis pas obligé d'approcher mes lèvres de la meute...

Elle s'assit sur son genou et passa les bras autour de ses épaules.

— Je t'aime, Justin.

Il se rapprocha jusqu'à ce que leurs lèvres se frôlent.

— Je t'aime de tout mon être.

Cette déclaration lui mit des papillons dans le ventre. C'était plus qu'époustouflant.

Le trajet de retour vers Chicken parut se dérouler au ralenti. Jamais il ne relâcha son emprise sur sa main tandis qu'elle réfléchissait à sa décision, sans parvenir à une solution rapide.

Nadia les attendait toujours, appuyée sur le mur à l'extérieur de la boutique.

— Ça va ? demanda-t-elle.

— Parfaitement, répondit Mandy. Je suis confuse, mais c'est parfait.

Nadia sourit.

— C'est le genre de choses que j'aime entendre.

La pièce dans laquelle ils pénètrent était étrangement silencieuse et Mandy se tourna vers Nadia, perplexe.

— Est-ce que Cole et Danielle sont allés quelque part ?

Justin leva la main et pointa du doigt.

— Merde !

Danielle avait disparu, mais Cole était là, ligoté de la tête aux pieds, scotché à une chaise, un morceau de ruban adhésif sur la bouche.

Justin glissa un couteau dans le désordre qui le maintenait en place, mais ce fut Nadia qui tendit la main pour arracher le ruban de sa bouche.

Un rugissement de douleur digne d'un loup retentit avant de se muer en un grand cri de colère quand Cole se leva et se tourna vers eux.

— Elle est partie. Elle est partie depuis une demi-heure, et je vais devoir la retrouver à nouveau.

— Bonne chance pour ça, dit Mandy en se rapprochant de Justin lorsque le loup lui adressa un méchant grognement.

— Recule, l'avertit Justin. C'est compliqué de manger sans dents, et encore plus de traquer quelqu'un quand on a plus de nez.

Cole s'en prit à Nadia.

— Pourquoi tu ne l'as pas arrêtée ?

— Parce que je ne fais qu'empêcher les choses qui ne devraient pas se produire.

Elle lui sourit.

Lui la foudroya du regard.

— Je ne voulais *pas* être attaché.

Nadia haussa un sourcil.

— Tu en es sûr, mon chéri ? Mais, attends... ce n'est pas moi qui ai besoin de connaître tous tes secrets pervers. Tu ferais mieux d'en parler avec Danielle quand tu l'auras rattrapée.

Il grogna plus fort. *Très fort.*

— Si tu l'attrapes.

Il ne prit pas la peine de répondre, se contentant de tourner le dos et de repartir au pas de course, en direction de sa cible.

Mandy se tourna vers Nadia.

— Nous retournons à Whitehorse. Je dois prendre contact avec ma famille, du moins celle qui n'est pas en train d'essayer d'échapper à un loup, et réfléchir à la suite des événements. Merci pour tout ce que tu as fait pour me mettre à l'aise pendant mon séjour ici.

Nadia la serra dans ses bras.

— Ton sourire joyeux va me manquer. C'était agréable d'avoir une nouvelle amie rien qu'à moi. Tu peux revenir quand tu veux.

Mandy se rapprocha de Justin qui l'attira contre lui.

— Je pense que nous pourrons venir te rendre visite.

— Bien sûr que nous pourrons, acquiesça Justin.

Faire leurs adieux prit beaucoup plus de temps qu'elle ne l'avait prévu... Mais d'un autre côté, peut-être que ses attentes avaient toutes besoin d'être revues. Elle s'était fait beaucoup d'amis qui vinrent tous lui dire au revoir pendant qu'elle et Justin faisaient leurs bagages, et une chose en entraînant une autre, il leur fallut un jour entier avant d'être prêts à prendre la route.

Elle passa une main sur le tableau de bord du camping-car.

— Dale va vouloir le récupérer un jour ou l'autre.

— Oui, répondit Justin avant de lui adresser un sourire. Mais pour l'instant, il est à nous, et nous pourrions cocher un élément de ta liste. Ça te dérange si on prend un raccourci pour rentrer à la maison ? Il devrait y avoir un fabuleux spectacle d'aurores boréales au cours des prochaines nuits...

Mandy hésita.

— Tu ne crois pas que nous devrions rentrer directement à la maison pour que je puisse prendre ma décision ?

— Cela prendra de longues promenades et des grasses matinées pour y réfléchir. Cela fait huit ans. Tu mérites quelques jours de plus.

— Je suppose que ça ne posera pas de problème. Où les lumières devraient-elles être les plus visibles ?

— Camping du parc de Tombstone sur la route de Dempster.

Oh, bon sang.

— C'est loin de Whitehorse.

— Non.

Elle éclata de rire.

— C'est probablement aussi loin au nord que nous le sommes aujourd'hui, et beaucoup plus à l'est. En quoi est-ce un raccourci ?

— Je ne sais pas. Mais... dit-il en sortant un morceau de papier de sa poche, auquel il jeta un coup d'œil. Nous y voilà. Voilà ce que je voulais dire.

Elle lui prit le papier, leurs doigts se croisant avant qu'elle lève la feuille à la lumière pour la lire à haute voix.

Faire l'amour sous les aurores boréales.

Un rire jaillit, et elle fut ravie qu'ils soient encore immobiles dans le parking, car cela lui permettait de se jeter dans ses bras.

— C'est drôle, je n'ai pas souvenir d'avoir mis ça sur ma liste.

— Tu en es sûre ? Ça ressemble énormément à ton écriture...

Elle n'entendit pas ce qu'il voulait dire. Elle était trop occupée à l'embrasser. À le tenir dans ses bras.

À revendiquer l'ours qui possédait son cœur.

ÉPILOGUE

Chère Susanna,

Je suis vraiment ravie que tu aies décidé d'accepter la charge de diriger l'île de Kodiak. Je sais que c'est un grand défi, mais tous les gens à qui j'ai parlé lors de notre visite il y a quelques semaines m'ont dit que tu étais la personne idéale pour prendre la relève de Nana. Je ne saurais te dire à quel point je suis fière de savoir que tu as les compétences nécessaires pour reprendre les rênes de la tradition familiale.

Je sais, c'est un mauvais jeu de mots. Les reines, la reine. Mettons cela sur le compte du fait que je suis un peu étourdie ces jours-ci.

De notre côté, nous n'avons toujours aucune trace de Danielle. Si tu entends quoi que ce soit, fais-le-moi savoir. Je suis sûr qu'elle va bien. Elle semblait très compétente et déterminée, et chaque fois que je pose la question à Justin, il me dit de me détendre, comme s'il avait des informations confidentielles qu'il ne voulait pas partager.

Ce qui veut dire que puisque je lui fais confiance, je me détends. Espérons que nous en saurons plus bientôt.

Justin et moi repasserons au printemps. Nous avons décidé de voyager pendant un certain temps : il prend congé de son travail et nous sommes... Nous sommes en train de dresser une liste que nous allons suivre. Un jour à la fois.

Je suis tellement heureuse !

Ta grande sœur qui t'aime.

Mandy.

Justin lui rendit la lettre après l'avoir lue.

— C'est une gamine formidable. Et tu as raison : tous les habitants de l'île à qui nous avons parlé s'accordent à dire qu'elle devrait diriger, en dépit de son jeune âge.

Mandy termina de rédiger l'adresse.

— Heureusement, le fait d'être jeune est une chose qui se corrige avec le temps

Il éclata de rire.

— C'est assez vrai.

La regarder se mouvoir dans l'appartement, *leur* appartement, était un plaisir de plus parmi une longue série de bonheurs.

Elle y flottait paresseusement, réarrangeant les coussins et les plaids. Elle accrochait de minuscules ornements en bois représentant des rennes. Ses mains étaient expertes et stables, ses yeux pleins de rires et de joie.

Il avait été plus que ravi de fournir la main-d'œuvre pendant qu'ils meublaient et décoraient un appartement de deux chambres à coucher à Whitehorse. Ce ne serait peut-être pas là qu'ils s'installeraient à long terme, mais pour l'instant, cela devenait rapidement leur foyer. Non seulement à cause des bibelots et maintenant des décorations de Noël, mais aussi à cause des photos d'eux qui apparaissaient tous les jours.

Il se rendit compte qu'elle avait recommencé. Il détourna le regard vers le cadre qu'elle sortait de son sac de shopping.

— Une autre ? demanda-t-il en riant. Laisse-moi voir.

Mandy se rapprocha de lui en sautillant, lui tendant la photo avec impatience.

— C'est ma préférée jusqu'à présent

Il voyait très bien pourquoi. Il s'agissait d'une photo de groupe prise la semaine précédente lors d'un barbecue organisé par les autres ours de la région. Jim et Lillie Halcyon avaient ouvert leur maison et leur cœur à Mandy, surtout Lillie.

Ces jours-ci, les femmes s'entendaient comme larrons en foire, et Justin en était ravi. Le fait d'avoir de nouvelles amies dans sa vie ajoutait à l'éclat des joues de Mandy.

Le photographe les avait surpris dans un moment de rire. L'assemblée qui posait s'était dispersée dans le chaos, arborant de larges sourires et des positions corporelles loin d'être sérieuses. Evan et Amy étaient là, Jim et Lillie, Tyler et Caroline, et lui et Mandy, tous entourés de plus de loups qu'il n'était prudent de confiner dans une seule zone.

Il y avait eu beaucoup de bruit, les blagues étaient encore pires, on se serait cru de retour à la maison de la meute, à une énorme différence près.

Il mit soigneusement la photo de côté afin d'avoir les deux mains libres pour l'attirer dans ses bras.

— C'est presque ma préférée, lui dit-il.

Mandy inclina la tête sur le côté, les mains posées sur son torse.

— Laquelle préfères-tu ?

— Celle que nous prendrons demain.

Elle prit un moment pour réfléchir à sa réponse.

— Où allons-nous demain ?

— Je n'en ai pas la moindre idée. Mais demain, ce sera la photo que nous prendrons le surlendemain...

Ses yeux s'illuminèrent lorsqu'elle comprit.

— Nous n'arriverons jamais à prendre ta préférée !

— À partir de maintenant et pour toujours, nous allons prendre des photos, et je serai sur chacune d'elles avec toi.

Il l'embrassa. Lentement, profondément et avec désir, jusqu'à ce qu'ils soient tous les deux à bout de souffle. Ensuite, il lui répondit :

— Tu as promis. J'ai mis ça sur la liste.

Mandy cligna des yeux avant de lui sourire. Elle l'entraîna avec elle dans la chambre à coucher où, dans un moment de taquinerie, il avait pris sa liste originale et l'avait encadrée, l'accrochant à côté de leur lit.

Elle se pencha plus près pour l'examiner et remarqua pour la première fois l'ajout qu'il avait fait quelques jours auparavant. Elle serra ses doigts et éclata de rire, puis elle le prit dans ses bras. Tout allait pour le mieux dans son monde, car il savait qu'elle allait travailler cette liste jusqu'à ce qu'elle soit achevée.

C'était une bonne chose, car le dernier élément était :

Passer ma vie avec Justin, l'ours qui est follement amoureux de moi.

Vivian Arend, auteure de best-sellers au classement du *New York Times*, vous revient avec une série de romans courts et légers, avec des métamorphes de toutes sortes (ours, loups, lynx). Qu'ils soient unis par le destin ou victimes d'un coup de foudre, tous méritent une fin heureuse de conte de fées.

La Meute de Takhini
Le Roi du cuivre
Le Seigneur loup
Le Cœur d'une dame
Le Prince sauvage

Vivian fait actuellement traduire ses nombreuses séries. Merci de consulter son site web pour toutes les dernières informations.
www.vivianarend.com/fr

À PROPOS DE L'AUTEUR

Avec plus de 3 millions de livres vendus, Vivian Arend est une auteure de best-sellers figurant aux classements du New York Times et de USA Today. Elle a écrit plus de 70 romances contemporaines et paranormales.

Ses livres sont des romans intégraux qui peuvent se lire indépendamment de toute série et ne se terminent pas sur un suspense. Ce sont des histoires pleines d'humour et d'émotions, avec des moments sensuels et des fins heureuses. Vivian estime avoir le plus beau métier au monde. Elle habite en Colombie-Britannique, au Canada, avec son mari depuis plusieurs années (l'inspiration de chacun de ses héros et un compagnon volontaire pour toutes sortes d'aventures).